P. H. RICHTER

Die Handschrift verrät es

D1866197

P. H. Richter

DIE HANDSCHRIFT VERRÄT ES

BASTEI LÜBBE

© Copyright by Gustav Lübbe Verlag GmbH,
Bergisch Gladbach
Herausgeber: Gustav Lübbe Verlag GmbH, Bergisch Gladbach
Printed in Western Germany 1977
Einbandgestaltung: Dieter Ziegenfeuter
Gesamtherstellung: Ebner, Ulm
ISBN 3-404-05163-7
Der Preis dieses Bandes versteht sich einschließlich der
gesetzlichen Mehrwertsteuer

Inhalt

Vorwort

Die Zeit, als man auf eine »schöne Handschrift« großen Wert legte, ist längst entschwunden. Im Zeitalter der Schreibmaschine haben die meisten Menschen das Schreiben zwar nicht verlernt, aber wesentlich eingeschränkt; es sei denn, daß man noch Zahlen schreibt. Was aber geblieben ist: Die Unterschrift hat ihren Wert als Signum und Stempel der Persönlichkeit behalten. Gerichtliche Unterschriften sind bis auf den heutigen Tag als persönliche Ausdruckssymbole geblieben, aus denen man nicht nur Namen, sondern auch Persönlichkeit herauslesen kann.

Noch erstaunlicher ist es, daß im Zeitalter des Computers viele Psychologen immer noch die Graphologie, die Handschriftendeutung, für das beste Verfahren halten, Persönlichkeits- und Charakterbilder zu erarbeiten. Denn moderne psychologische Tests vermochten die Graphologie nicht zu verdrängen, geschweige denn, sie zu ersetzen.

Was die Handschrift verrät? Charaktereigenschaften, Fähigkeiten, Leistungsqualitäten und Umgangsverhalten. Denn die Handschrift ist das Spiegelbild der seelischen und körperlichen Verfassung. Sie ist eine Ausdrucksform von so individueller Charakteristik, daß sie sogar Rechtsverbindlichkeit besitzt: Ein Vertrag zum Beispiel ist erst rechtskräftig, wenn er handschriftlich unterzeichnet ist. Die Unterschrift, aber auch die Handschrift schlechthin ist die Schutzmarke der Persönlichkeit und darüber hinaus das ursprünglich Intime einer Person.

Wagen auch Sie einen Blick in den »Graphologischen Spiegel«. Erkennen Sie sich und Ihre Mitmenschen. Wer die Handschrift zu deuten weiß, gelangt zur Selbsterkenntnis und Menschenkenntnis. Denn wer sich selbst erkennt, lernt auch die Mitmenschen besser erkennen und kann das richtige Verhältnis zu ihnen gewinnen. Durch Selbsterkenntnis und Menschenkenntnis gelangt er persönlich und beruflich zu echten Erfolgen und ist den anderen stets einen Schritt voraus.

Was ist Graphologie?

Keine übersinnliche Angelegenheit, sondern eine Disziplin, die den Charakter eines Menschen aus seiner Handschrift entziffert. Graphologie ist eine relativ junge Wissenschaft; sie ist etwa hundert Jahre alt. Ursprünglich wohl kaum mehr als eine Liebhaberei, hat sie sich im Lauf der Jahrzehnte zu einem eigenen Wissenschaftszweig entwickelt. Auf Grund von festen Begriffen, wie Raummerkmalen, Formmerkmalen und Bewegungsmerkmalen, auf die wir noch zu sprechen kommen, gelangt man zu verblüffenden Ergebnissen über die charakterliche Beschaffenheit eines Menschen.

Der erste uns bekannte Mensch, der sich über die Handschrift Gedanken machte, war der römische Geschichtsschreiber Suetonius, der von Kaiser Augustus (31 vor bis 14 Jahre nach Christus) berichtete, er schriebe gedrängt und mit knappen Trennungen, und wenn der Vers am Zeilenrand nicht beendet wäre, schriebe er die letzten Worte nicht auf eine neue Zeile, sondern direkt unter das Ende der letzten. Graphologen würden hieraus (wenn man genauere Zeichen und weitere Merkmale nicht in Betracht zieht) Sparsamkeit, praktischen Sinn, nützliche Schlußfolgerung lesen – Eigenschaften, die von Augustus historisch bekundet sind.

Es war unmöglich, daß schon früher, also vor Suetonius, Handschriften gedeutet wurden, denn solange die Schriftzeichen in Holz oder Stein gegraben (Runen, Hieroglyphen) oder wie bei den Chinesen und mittelalterlichen Mönchen gemalt statt geschrieben wurden, war eine individuelle Handschrift nicht erkennbar. Das Mittelalter ließ keine individuell geartete Handschrift zu. Die Mönche schrieben zwar handschriftlich die Bücher, aber das war kein Schreiben, sondern ein Malen. Erst als die Handschrift ein allgemeines Verständigungsmittel wurde und man nicht mehr malte, sondern mit dem Gänsekiel schrieb, konnte sich eine individuelle Handschrift entwickeln.

Im Jahre 1622 erschien von Professor Camillo Baldo ein kleines Buch in italienischer und später in lateinischer Sprache über die Handschriftendeutung. Als Lavater seine »Physiognomischen Fragmente« schrieb, befaßte er sich eingehend mit der Handschriftendeutung. In seinem Briefwechsel mit Goethe ist darüber viel zu lesen. Bekannt wurde auch der Deutsche Adolf Henze, der in den fünfziger Jahren des vorigen Jahrhunderts Tausende von Handschriften in der »Leipziger Illustrierten Zeitung« deutete.

Wir führten bereits aus, daß die Graphologie etwa hundert Jahre alt ist. Eine wissenschaftlich unterbaute Graphologie schuf der Philosoph Ludwig Klages (1872–1956), und auf seinen Erkenntnissen beruht heute noch die wissenschaftliche Graphologie. Weitere Psychologen, wie Heiß, Pophal, Müller-Enskat, Pulver, Roda Wieser, Minna Becker, Junge und Wittlich haben den wissenschaftlichen Stand der Graphologie ausgebaut.

Handschrift und Charakter

Der Zusammenhang zwischen Handschrift und Charakter ist kein Kausalzusammenhang, d. h. der Charakter ist nicht Ursache einer individuellen Schrift, sondern erscheint in ihr.

Der Charakter als solcher ist geschlechtslos; es gibt männliche Frauen und feminine Männer. Nur bei Kenntnis des wirklichen Geschlechts kann eine sinnvolle Bewertung der Charaktereigenschaften erfolgen.

Seelische Reife und physisches Alter stimmen oft nicht überein. Es gibt Menschen, die seelisch schneller reifen, bei denen also die Handschrift einen überwundenen Entwicklungsstand spiegelt und umgekehrt. Die Kenntnis des wahren Alters ist daher unentbehrlich. Darum unterliegt die Beurteilung von Kinderhandschriften besonderen Einschränkungen.

Nicht alle Handschriften sind im gleichen Maße ausdruckshaltig. Die Auswertung von Handschriften gebildeter Personen erscheint leichter als die von schreibungeübten. Jeder Mensch unterliegt in gewissem Maße einer Hemmung des natürlichen Ausdrucksdranges durch die Gebote der Sitte, des Standes, der Höflichkeit, kurzum, jeder ist bemüht, nach außen eine Maske zu tragen.

Zwar wird die Handschrift von diesen bewußten Maskierungen weniger betroffen als etwa Betragen und Haltung, aber sie ist nicht ganz fremd von ihnen.

Kann man trotzdem den Charakter aus der Handschrift erkennen?

Wir wollen darauf schrittweise antworten:

1. Die Kinder in der Schule haben ein und denselben Lehrer, die gleichen Federn oder Kugelschreiber, dieselben Schreibhefte und Schreibvorlagen, aber sie haben trotzdem eine mehr oder weniger verschiedenartige Handschrift. Ist das nicht auffallend?

2. Noch schärfer tritt der Unterschied in den höheren Klassen und beim Älterwerden der Kinder zutage.

3. Sobald der Mensch seinen Bildungsweg beendet hat und im freien Erwerbsleben steht, prägen sich die individuellen Schriftmerkmale schärfer aus.

Es gibt kaum zwei Menschen, die die gleiche Handschrift schreiben.

Wir sehen, daß trotz gleichen Unterrichts die Schrift eines jeden Menschen in gewissen Eigentümlichkeiten voneinander abweicht. Diese Eigentümlichkeiten sind Ausdruck des individuellen Charakters.

Wir halten nach Professor Robert Heiß, Freiburg, fest, daß die Handschrift ein Ausdrucksphänomen von so hoher individueller Charakteristik ist, daß ein Vertrag erst dann als rechtskräftig bezeichnet werden kann, wenn er handschriftlich unterzeichnet ist. In den Jahrzehnten ihrer Entwicklung habe die Graphologie große Erfahrungen gesammelt, die eine abgesicherte Psychodiagnostik ermögliche, ohne die für die Testpsychologie unvermeidlichen Verzerrungen durch zahlreiche störende Einflüsse (z. B. Ängstlichkeit der Untersuchten, ihre Taktiken, Fehler bei der Interpretation usw.). »Vorläufig ist die Graphologie das einzige Verfahren, das die Grundverhaltenstendenzen und Antriebsstrukturen, Prägungen und Entwicklungen, aber auch Verformungen und Hemmungen, schließlich die Grundverhaltenstendenz der Umwelt gegenüber differenziert erfassen und im Zusammenhang darstellen kann.«

Der Charakter aus der Handschrift
(siehe Schriftproben Seite 16)

Die persönliche Eigenart der Handschrift, also der Schriftcharakter, prägt sich eindeutig bei dem Schrifturheber aus, und selbst wenn jemand mit der linken Hand, mit dem Mund oder mit dem Fuß schreiben würde, zeichnet sich die individuelle Schrift ab.

Die Handschrift als stabilisierte Ausdrucksbewegung wird vom Gehirn diktiert, wobei Hand und Federhalter nur das Werkzeug sind, ganz bestimmte Buchstaben oder Zahlen auf das Papier zu bringen. Selbstverständlich ergibt die Übung den Meister. Deshalb sind nur Schriften von Erwachsenen bzw. reifen Menschen auswertbar. Wenn wir die Entwicklung der Handschrift verfolgen wollen, müssen wir zu den Kindern in den Kindergarten gehen, wo ihnen die »1« und das »i« vor Augen tritt. Aber auch im Heim und auf der Straße sehen die Augen des Kindes Buchstaben, die sich dem Gedächtnis einprägen. In der Grundschule beginnt dann der systematische Unterricht, und das Kind lernt, Buchstaben zu schreiben und zu begreifen. Trotzdem ist das noch kein Schreiben, sondern mehr ein Malen. Das Hauptaugenmerk richtet sich auf die Schriftform und auf die Linie, und alles ist noch etwas unbeholfen und erstarrt. Auch die Malversuche unterliegen denselben Bedingungen. Interessant sind auch die Kritzeleien der Kleinen. Schon hier kann man formale und dynamische Unterschiede feststellen. Mit acht Jahren zeigen sich bereits Anzeichen für individuelle Schriftunterschiede, wie dies aus den Abbildungen a) und b) hervorgeht. Beide Kinder sind acht Jahre alt. Schreiber a) schreibt sauber und leserlich, Schreiber b) ungegliedert. Charakterologisch ist der erste Schreiber ordentlicher als der zweite. Die Schriftproben c) und d) stammen von je einem 10jährigen Mädchen. Obgleich dieselben Schulverhältnisse vorhanden sind, zeigen die Schriften große Unterschiede. Schreiberin c) schreibt wieder leserlich und gut gegliedert, ist also korrekt und zuverlässig, während die Schriftprobe d) einen ungeordneten und ungegliederten Eindruck macht. Diese Schülerin liegt nach Angaben der Lehrerin leistungsmäßig unter Durchschnitt.

Die Handschrift e) ist leicht nach links geneigt, verknüpft und langsam entstanden: Merkmale von Hemmung, Verschlossenheit und Ängstlichkeit.

Trotzdem ist die Schrift von Kindern und Jugendlichen nur bedingt deutbar. Untersuchungen haben ergeben, daß die Mehrzahl der Kinder zwischen 10 und 14 Jahren auf Schriften »anspricht«, die sie sympathisch und unsympathisch empfinden. Das Kind nimmt sich also der Schrift an, die ihm »gefällt«. Mit der Pubertät ebbt das allmählich ab, aber besonders Mädchen lehnen sich später noch den Schriftzügen an, die ihnen »liegen«. Erst mit der Reife nimmt die Handschrift persönlichere Formen an.

Schriftprobe f) stammt von einem 17jährigen Schüler mit eigenen und eigenwilligen Zügen, obwohl die Schulform noch zu erkennen ist, die den infantilen Zug des Jungen verrät.

Schreiberin von Abb. g) ist knapp 19 Jahre alt und verrät durchweg eine ausgeschriebene Handschrift. Hier zeigt sich bereits eine persönliche Note. Von diesem Alter ab kann eine relativ gesicherte Schriftendeutung vorgenommen werden.

Wie wir später bei den Merkmalbesprechungen sehen werden, muß jedes Merkmal wie ein Mosaiksteinchen sinnvoll eingeordnet werden, um ein Gesamtcharakterbild zu ergeben.

Im Grunde genommen sind es nicht sogenannte Eigenschaften, die man in der Handschrift sieht, sondern bestimmte Seelenanlagen, von denen das Denken, Fühlen, Wollen abhängt, und die sich erst im Verkehr mit der Umwelt und in der beruflichen Situation zu dem entwickeln, was wir Charaktereigenschaften nennen. Wer sich kleinlich an die erlernten Formen hält, wird sich erst spät zu selbständigem Denken und Handeln entwickeln. Es gibt kaum Menschen, die nicht in irgendeiner Richtung eitel, bescheiden, sparsam, verschwenderisch oder egoistisch sind. Der Unterschied zwischen dem einen und dem anderen Menschen liegt nicht in dem Vorhandensein bestimmter Eigenschaften, sondern in der größeren oder geringeren Stärke, in der die einzelnen Eigenschaften auftreten. Aus ihrer Mischung entstehen dann beim Menschen die Eigentümlichkeiten, die ihn von dem anderen mit ähnlichen Eigenschaften unterscheiden. Hierdurch ermitteln wir das persönliche Leitbild, aus welcher Richtung eine Handlung gesteuert wird.

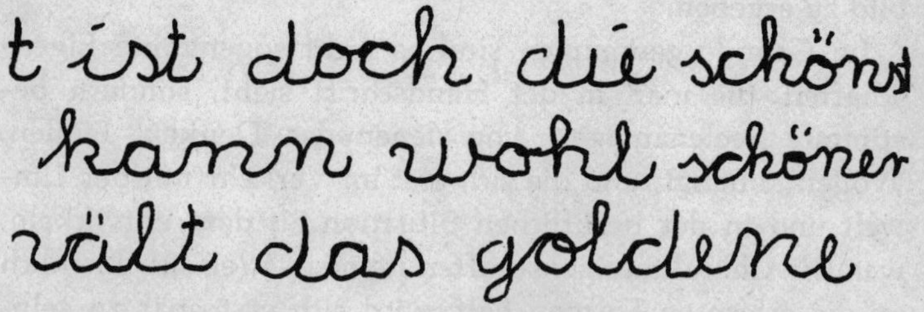

Abb. a) Schüler von acht Jahren mit einer sauberen und leserlichen Schrift

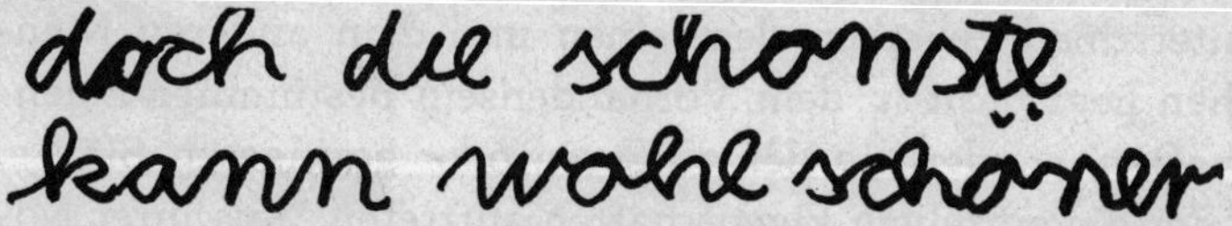

Abb. b) Schüler von acht Jahren mit einer ungegliederten Handschrift

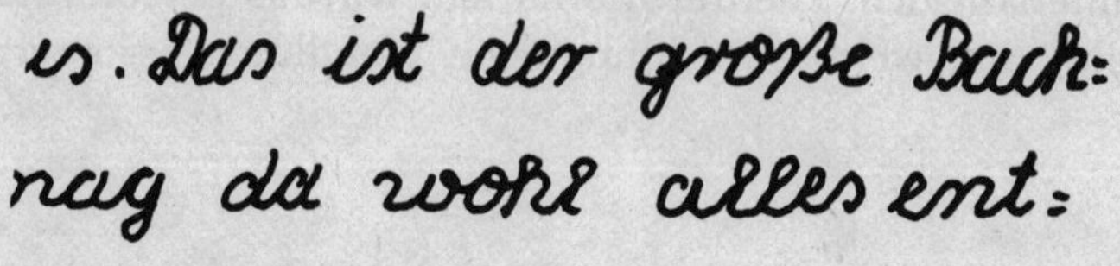

Abb. c) Schülerin von 10 Jahren mit einer gut gegliederten Schrift

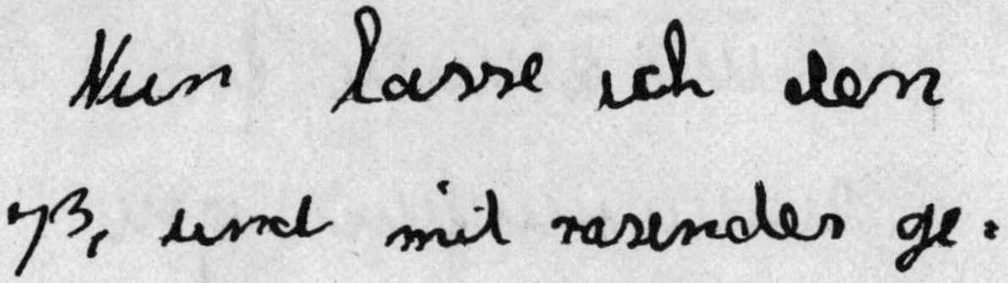

Abb. d) Schülerin von 10 Jahren mit einer ungegliederten Handschrift in wechselnder Richtung: steil, links- und rechtsgeneigt

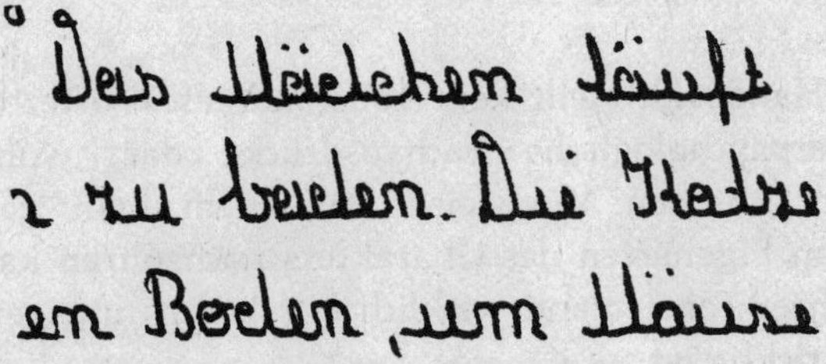

Abb. e) Eine Kinderschrift von 11 Jahren mit Linkstendenz, verknüpft, langsam

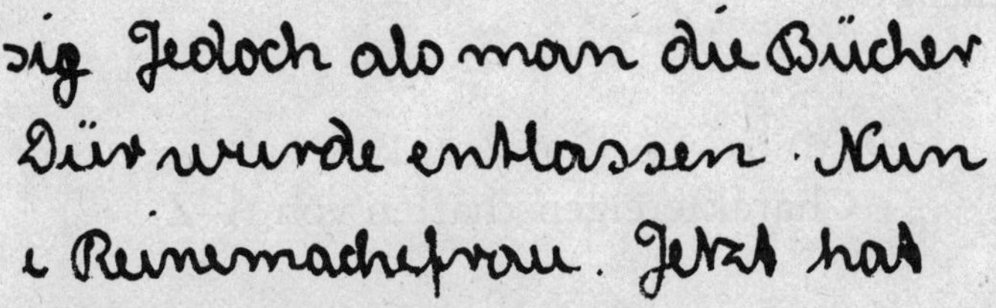

Abb. f) Handschrift eines 17jährigen Schülers mit individuellen Schriftzügen, eng und verbunden

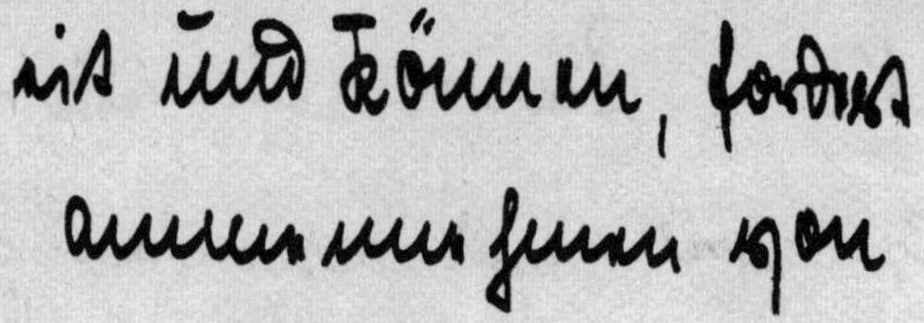

Abb. g) Schreiberin ist knapp 19 Jahre, schreibt steil und verrät eine ausgeschriebene Handschrift mit persönlicher Note

Dieses Handbuch stellt kein vollständiges Wörterbuch für charakterpsychologische Fachausdrücke dar, wohl aber einen praktischen Wegweiser, mit dem man ganz bestimmten Eigenarten des Charakters nachspüren kann, um zu erfahren, ob jemand wirklich hilfsbereit, uneigennützig und aufrichtig ist.

Bevor wir die einzelnen Schriftmerkmale in Wort und Bild erläutern, bringen wir im nächsten Kapitel eine Aufstellung der

Charaktereigenschaften von A–Z

A

Ablenkbarkeit: Der Mensch kann sich nicht konzentrieren und wird durch seine Umgebung abgelenkt und abgezogen. Systematische Arbeit leidet darunter, und die Leistungsfähigkeit wird vermindert. *Graphologisch:* Druckschwäche und herabhängende Girlande, Wortabstände zu groß, ungenaue Gliederung, Fadenduktus, und zum Zeilenende ist die Schrift unleserlich. Oberlängen sind formlos, Unterlängen unsicher.

Aggressivität: Schreiber neigt zum Widerspruch und stellt sich feindlich gegen seine Umwelt. *Graphologisch:* Starke Anfangs- und Endbetonung, eckige Schrift, Arkade und Winkel, große Längenunterschiedlichkeit, Druck- und Nebenstellen, keulenförmige Endstriche. Große und schnelle Schrift, Unterschrift größer als der Text.

Angeberei: Jemand, der vorlaut ist und sich als Streber hervortut. Der Angeber hat kein Kameradschaftsgefühl. *Graphologisch:* Große Anfangsbetonung, starke Oberlängen, Schwelldruck bei besonders großer Unterschrift.

Ängstlichkeit: Angst haben, bange machen, sich entmutigen lassen. Der Mensch fühlt sich bedroht und lebt in der Furcht. *Graphologisch:* Kleine Schrift, spröde, eckig, mager, Mittelzone unter 3 mm, Unterlängen verkümmert, unregelmäßige Schrift, Girlanden oder schlaffe Arkade, linksbetont, unverbunden, falsche Zeile, schlaffe Schrift.

Anhänglichkeit: Der Schreiber bleibt zeitlich anhänglich und treu und ist in der Liebe und Freundschaft zuverlässig.

Graphologisch: Girlandenschrift, guter Strich und Rhythmus ohne allzu große Ober- und Unterlängen, starkes Mittelband.

Anmaßung: Der Anmaßende heischt nach Anerkennung, Ehrung und Achtung und fordert für sich den besten Platz an der Sonne. Er ist strebsam, krankhaft ehrgeizig und rücksichtslos. *Graphologisch:* Große Anfangsbetonung, starker Druck, Arkade oder Winkel, große Endzüge, starke Ober- und Unterlängen, wenig Mittelband.

Anpassungsfähigkeit: Dieser Mann kann sich direkt oder im individuellen Sinn in die Gedankenwelt seiner Partner hineindenken und so zwischen seiner Art und derjenigen der Umwelt eine Verbindung schaffen, die zur Sympathie ausgebaut werden kann. *Graphologisch:* Die Schrift ist gut gegliedert, rhythmisch und regelmäßig, girlandenbetont, aber auch im Fadenduktus verfaßt, sehr gewandt und ausgeglichen.

Anspruchslosigkeit: Setzt seine eigenen Wünsche hintenan, fügt sich. *Graphologisch:* Kleine, enge Schrift, nach unten zielende Zeilen und Querstriche, schmales Mittelband, regelmäßig, weiche Schrift mit breitem Oberrand.

Anspruchsvoll: Der Mensch stellt Ansprüche, die über das übliche Maß hinausgehen. Er steht auf dem Standpunkt, ein besonderes Anrecht zu haben. *Graphologisch:* Große Anfangs-, Oberlängen- und Unterlängenbetonung, Arkadenduktus, Druck unregelmäßig, großer Längenunterschied. Hierin drückt sich das lebhafte bis cholerische Temperament aus.

Antrieb: Ein Mensch voller Tatkraft, energisch, der sich über Schwierigkeiten hinwegsetzt. *Graphologisch:* Starke Verbundenheit, Druck, Strichführung regelmäßig, oberlängenbetont, flotte Schrift mit starker Anfangs- und guter Endbetonung.

Arglistigkeit: Drückt sich um die Wahrheit, ist durchtrieben und lügnerisch, unehrenhaft. Setzt sich mit List durch. *Graphologisch:* Fadenbindung, unleserliche Schrift, sporadischer Druck, kleines Mittelband, da das Gefühl ausgeschaltet wird.

Arroganz: Diese Person schätzt sich zu hoch ein und will über den Dingen stehen. *Graphologisch:* Übertriebene Größe, starke Anfangs- und Endbetonung, Bereicherung, Arkade, starker Druck, Schwellzüge, keine rhythmische Form, unnatürlich.

Auffassungsgabe: Gedankenwendigkeit, aufgeschlossen und interessiert. *Graphologisch:* Eilige Schrift, Kürzung des Schreibweges, bleibt aber leserlich, klein, druckschwach, oberlängenbetont, steil mit Fortfall der Endzüge.

Auftreten, gewandtes; Graphologisch: Regelmäßig, leserlich.

Auftreten, natürliches: Regelmäßigkeit, Girlande.

Auftreten, korrektes: Gerade Zeile, genaue Oberzeichen.

Ausdauer: Solche Menschen sind beständig und halten trotz Schwierigkeiten durch. *Graphologisch:* Regelmaß, gerade Querstriche, starke Endzüge, meist Winkel oder straffe Girlande, gute Leserlichkeit und gleichmäßiger Druck mit Betonung der Grundstriche.

Ausgeglichen: Ein harmonischer Mensch, der nachdenkt, ehe er spricht oder handelt. *Graphologisch:* Kleiner Längenunterschied, Regelmaß, durchgehend gute Gliederung, Girlande, in Höhe und Weite regelmäßig.

Ausschweifend: Dieser Typ läßt sich von seinen Leidenschaften leiten und zu unüberlegten Handlungen hinreißen. *Graphologisch:* Schwelldruck, Druckverlagerung in die Unterlängen, großes Mittelband, teigig, Girlande.

B

Banal: Alltäglich, gewöhnlich. Ihm fehlt jede Originalität. *Graphologisch:* Auffallende Schönschrift nach Schulvorlage, Bereicherung bis Überladenheit der Schrift. Sehr geschmückte Anfangsbetonung und eine eigenwillige Unterschrift.

Barsch: Kurz angebunden, grob und unzugänglich. *Graphologisch:* Eckige, kantige Schrift, Arkaden- oder Winkelduktus. Starke Anfangsbetonung und ausfahrende Endzüge. Wenn das Mittelband betont ist, steckt hinter einer harten Schale ein weicher Kern.

Befangenheit: Solche Menschen scheinen ihr Selbstbewußtsein und Können verloren zu haben. Nach Bleuler ist Befangenheit »die Unfähigkeit, etwas mit Bewußtsein auszuführen, was sonst mehr oder weniger automatisch gutgeht«. Damit sind Stottern, Errötungsangst und Impotenz verbunden. *Graphologisch:* Unsichere Strichführung, mäßiger Druck bis Drucklosigkeit. Schüchterne Anfangs- und Endbetonung, unklare Linienführung. Oft gut leserlich, aber wenig Eigenart in der Handschrift.

Begabungen: Hier spricht man von Dispositionen zu ganz bestimmten Leistungen. *Theoretische Begabung* zeigt sich *graphologisch* in der Betonung der Oberlängen mit Regelmäßigkeit und vitaler Verbundenheit. *Praktische Begabung* wird *graphologisch* durch folgende Merkmale gekennzeichnet: Große Schrift, Teigigkeit, gute Gliederung, Vitaldruck, rechtsschräge Schrift, gute Leserlichkeit.

Begeisterungsfähigkeit: Enthusiasmus aus Anteilnahme, vom Geist einer Sache erfüllt, über das bewußte Ich hinausgetragen. Wo Verstand nicht mehr urteilen kann, stellen sich Phantasie, Illusion und Ahnung ein. Man wird *graphologisch* auf große Oberlängen, eilige Schrift, starkes Mittelband und Schwung achten müssen.

Beherrschtheit: Jemand, der sich zusammennimmt und seine Triebe in Schranken hält. *Graphologisch:* Enge, gute Druckverteilung, Arkade, mäßige Anfangs- und Endbetonung.

Bescheidenheit: Dieser Mensch weiß genau zu unterscheiden, tritt hinter die Sache zurück und verzichtet auf Ehre, wenn es dem Gelingen einer Angelegenheit dient. *Graphologisch:* Kleine Schrift, gut gegliedert, mäßiger Druck, geringes Mittelband, gut leserlich und ohne Schnörkel.

Beständigkeit: Der Beständige hält an seinem Standpunkt

fest, kann aber auch hart bleiben gegen Einwände. Der Beständige flößt Vertrauen ein, und bei ihm erlebt man keine Überraschungen. *Graphologisch:* Feste Schriftzeichen, ohne Schnörkel, relativ kleine Schrift, keine übermäßigen Ober- und Unterlängen, gute Gliederung.

Betriebsamkeit: Ein fleißiger, umsichtiger, aber auch herausfordernder Mensch. *Graphologisch:* Im ersten Fall kleine, klare Schrift, guter Rhythmus, mäßiger Druck, große Oberlängen, aber auch starke Anfangsbetonung. Im zweiten Fall treten dazu starker Druck, Schwelldruck, Überlängen nach oben und unten und kantige Züge.

Brutalität: Dieser Mensch benimmt sich unmenschlich. Er hat kein Gefühl, sondern wird vom Trieb geleitet. Gern beteiligt er sich an Verunglimpfungen und Quälen von Mensch und Tier. *Graphologisch:* Schwelldruck, plötzliche Druckstellen auch an den Nebenzügen, unförmige Schrift, eckig, aber auch bewußt gerundet, mit besonderer Betonung der Unterlängen.

Bürokratismus: Hier herrscht einer in der Schreibstube. Alles muß nach Buchstabe und Anordnung gehen. Keine Gefühle tauchen auf, sondern irgendwie ist alles erstarrt und sehr nüchtern. *Graphologisch:* Winkelschrift, Zierschrift mit genauer Druckverteilung ohne Rundungen. Die Schrift ist hart, eckig und kantig, unpersönlich.

C

Charakter: Hier wird von einer Besonderheit der Persönlichkeit gesprochen. Charakter heißt auf griechisch ein in dauerhaftes Material graviertes Zeichen oder Bild. Der Charakter des Menschen ist also sein Wesen, aus geistigem, seelischem und körperlichem Bestand natürlich gewachsen oder aus freiem Willen im Laufe der Zeit geformt. Der Charakterfeste steht zu seinem Wort und läßt sich durch Versprechungen oder Drohungen nicht überreden. Nach Wittlich bezeichnet man mit »Charakter« im engeren Sinne einen Menschen, dessen Standhaftigkeit, Rechtlichkeit und Überzeugungstreue wir hervorheben und anerkennen. *Graphologisch:* Eine ausgeglichene, bewegungsreiche, durchgehend druckstarke Handschrift mit Betonung der Ober- und Unterlängen im rechten Verhältnis zum Mittelband. Aber auch die Linienführung und die Schriftzüge müssen in einem ausgeglichenen Verhältnis zueinander stehen.

Charakterlosigkeit: Dem Charakterlosen fehlt die persönliche Prägung durch den Willen (E. A. Oppenheim). Genau wie jeder Normale besitzt der Charakterlose einen Charakter, aber sein freier Wille ist verkümmert. Er kann oder will nicht sachlich entscheiden, geht mehr seinem Trieb nach und wird so zum Handlanger in den Händen derer, die ihn locken. Der Charakterlose ist wie ein Schilf im Wind, das hin und her schwankt. *Graphologisch:* Jede Schriftspur ist übertrieben. Das Mittelband steht im Gegensatz zur Oberlänge und statt Druck sind Teigigkeit und Schwelldruck vorhanden, wobei besonders Ausschweifungen im Mittelband hervortreten. Es fehlt nach allen Merkmalen der Ausgleich, und statt Harmonie zeigt sich Disharmonie im Schriftbild.

Cholerisch: Ein Choleriker ist ein aufbrausender und jähzorniger Mensch. Dem Choleriker steigt das Blut zu Kopf, wenn er zornig wird. Vom Eindruck her ist er erregt, gereizt, aktiv, draufgängerisch und ungleichmäßig. Es zeigt sich eine Tendenz zur Unzufriedenheit, Aggressivität und Gereiztheit, er verliert die Selbstbeherrschung und kann im Affekt Handlungen begehen, die er später sicher bereut. *Graphologisch:* Enge, unregelmäßige, unrhythmische Schrift mit scharfen Winkeln, plötzlichem Druck, verstrickten Zeilen und übertriebenen Unterlängen. Auffallend sind auch die langen Aufstriche und scharfen Endzüge.

D

Dankbarkeit: Mit Dank bezeichnet man die freudige Anerkennung für eine materielle oder geistige Wohltat; aber in der Dankbarkeit zeigt sich auch das Gefühl der Verbundenheit oder Verpflichtung gegenüber dem Geber. *Graphologisch:* Kleine, unauffällige Buchstaben, durchgehend rhythmisch geschrieben mit guten, aber keinen zu übergroßen Ober- und Unterlängen, dagegen mit einem gutgestalteten Mittelband, meist girlandisch betont, mäßiger Druck und leichter Rechtszug.

Degeneriert ist jemand, der aus der Art geschlagen ist. Die Entartung der Psyche kann sich allein oder zugleich auf den Intellekt, das Gefühl oder den Willen beziehen.

Graphologisch: Alle Schriftmerkmale sind übertrieben in Form, Gestaltung, Bindung, Druck und Lage.

Dekadenz: Ein »verfallener« Mensch, der keinen Sinn für die gültige Norm aufbringt und kein moralisches oder ästhetisches Gesetz anerkennt. Solche Menschen wirken auf die Umwelt befremdend. *Graphologisch:* Alle Schriftmerkmale sind übertrieben, entweder in der Größe oder Kleinheit, in der Enge oder Weite, in der Lage, im Druck und in der Buchstabengestaltung. Sie weichen ganz und gar von der Norm ab.

Demut: Liebe am Dienen, Selbsterniedrigung, tiefe Bescheidenheit, Unterwürfigkeit – das sind die Haupteigenschaften eines demütigen Menschen. *Graphologisch:* Die Handschrift macht einen bescheidenen Eindruck, ist klein, wenig druckfest, girlandisch betont, nach rechts geneigt mit kleinen Ober- und Unterlängen.

Depression: Ein Zustand der Niedergedrücktheit, der zum Trübsinn führt, so daß der betreffende Mensch für niederdrückende Gefühlsanlässe zugänglich ist. *Graphologisch:* Fallende Zeilen, starker Rechtsdruck. Wortenden unausgeschrieben und abfallend, wenig oder kein Druck, und Oberzeichen an den betreffenden Buchstaben direkt aufgesetzt.

Derbheit: Eine Betragens-Eigenschaft. Dieser Mensch packt überall zu, ist Bauer oder Handwerker, der über eine praktische Intelligenz verfügt und sich auch durchzusetzen weiß. Er kann aber auch denkfaul und dickfellig sein. Ihm fehlt jede Zartheit. *Graphologisch:* Eckige, kantige Schrift mit Winkel und großer Buchstabengestaltung. Meist macht die Schrift einen ungelenken und ungeübten Eindruck, sieht schwerfällig und erstarrt aus.

Despotismus: Dieser Mensch ist herrisch, rücksichtslos, gewalttätig und tyrannisch. Er steht auch meist im Widerspruch zu seiner Umgebung. *Graphologisch:* Winkel oder Arkade, große bis markante Oberlängen und wuchtige Unterlängen, kleines Mittelband, Steilheit und Linkstendenz herrschen vor, ebenso ein ausfahrender Endzug.

Devotion: Ergebenheit, Unterwürfigkeit, diensteifrig bis kriecherisch. Er ist dem anderen ergeben, ähnlich wie der Demütige. *Graphologisch:* Kleine Schrift, aber druckstark, girlandisch betont, nach rechts geneigt. Falls aber die Oberlängen und Unterlängen stärker ausgeprägt sind, handelt es sich um einen bewußt devoten Menschen. Er will sich emporarbeiten und dann eine gewisse Macht entfalten.

Dieberei: Jemand mit einem unbezähmbaren Hang zum Stehlen. Diese Neigung tritt sehr oft in der Jugend auf, verschwindet aber meist später. Danach zeigt sich die diebische Natur ausgeprägt bei Dieben, Hehlern, Einbrechern. Man sollte hier die Unaufrichtigkeitsmerkmale genauer beachten. *Graphologisch:* Unaufrichtigkeitsmerkmale: Deckzug, gestützte Nebenrichtung, Zuchtschrift, Einrollung, Spiralzüge, Zeilenverstrickung, Buchstabenverstümmelung, Weglassen von Buchstaben, linkswärts eingekrümmte Kurzbuchstaben, Greifzug nach links, Verschleifung, geteilte Großbuchstaben, Übertreibungen, Faden und Unähnlichkeit von Schrift und Unterschrift.

Diplomatie: Ein geschickter, gewandter, wendiger, vorsichtig handelnder Mensch. Solche Menschen verstehen es, ihre Partner zu überzeugen oder zu überreden – und sie friedlich zu stimmen. Man versucht eine entspannte Atmosphäre zu schaffen und dank eines logischen Verstandes gelingt es, die schwache Position des Gegenübers auszuwerten. Ein Diplomat kann aber auch raffiniert vorgehen und dann seine kluge Gewandtheit zu unredlichen Handlungen ausnützen. *Graphologisch:* Flotte, eilige Girlande mit Fadenformen vermischt (Eilefaden), relativ hohe Oberlängen und stabile Unterlängen, Rechtstendenz mit geschlossenen o- und a-Formen. Durchgehend guter Druck, rhythmisch betont mit überzeugenden Anfangsbuchstaben und markanten Schlußzügen. Liegt die Schrift von steil (90°) bis links-schräg, dann wird sich der Schreiber besonders raffiniert abwartend verhalten.

Diskretion: Diskretes Wesen, diskrete Behandlung, Takt, Verschwiegenheit, Unauffälligkeit. Der Diskrete hält sich abseits und zurück und möchte nicht auffallen. *Graphologisch:* Keine auffallenden Buchstaben, eher klein und wenig druckbetont, leicht girlandisch betont, aber auch Arkadenbindung, Höhe, Länge und Mittelstand stehen in einem guten Verhältnis zueinander. Steilheit bis Linkstendenz herrschen vor. Durchgehend geschlossene o- und a-Formen.

Diskussion: Lebhafte Erörterung und Meinungsaustausch herrschen vor und können sich von sachlich begründeter Diskussion bis zur Biertischpolitik durchziehen. Es gibt gute, überzeugende und schlechte, abstoßende Redner. *Graphologisch:* Große Schrift, hochgezogene Buchstaben mit einer ausgeprägten Unterlänge. Starke Anfangs- und Endbetonung, mäßiges Mittelband mit Winkel, Arkade, aber auch Girlande bis Faden. Besonders der Druck tritt augenfällig in Erscheinung. Sporadischer Druck deutet auf aggressive und despotische Redner hin.

Disziplin: Zucht, Ordnung, Einordnung, Unterwerfung, Gehorsam. *Graphologisch:* Straffe Strichführung, leichter Aufstrich und druckbetonter Abstrich, genaue Buchstabenformen und Oberzeichensetzung. Alles macht einen gespannten Eindruck.

Doppelzüngigkeit: Der Doppelzüngige redet immer so, wie es ihm am nützlichsten ist. Er legt sich nicht fest. *Graphologisch:* Sowohl Druck als auch drucklose Schrift, Girlande und Arkade, aber vielfach nur Fadenform. Er ist nicht unaufrichtig, aber auch nicht aufrichtig, eher etwas verschlagen und raffiniert.

Dynamik: Lehre von der Bewegung von Körpern unter Einfluß von Kräften. Der dynamische Mensch ist triebkräftig, wendig und tatentschlossen. *Graphologisch:* Lebendige Schrift, druckstark, hohe Oberlängen und starke Unterlängen, Rechtszug im Schriftbild, große Anfangs- und fadenförmige Endbetonung, wobei der Druck zum Ende des Buchstabens und des Wortes zunimmt.

E

Ebenmaß: Wenn alle Teile eines Ganzen übereinstimmen, dann spricht man von Ebenmaß, das Mittelpunkt und

Qualität heißt. *Graphologisch:* Klages sagt, daß Ebenmaß der Handschrift den Grad der persönlichen Haltung anzeigt. Ungestörter Ablauf der Schreibbewegung kennzeichnet ruhige Gelassenheit, aber auch Mangel an Eindrucksvermögen.

Echt wird ein Schreiber im Sinne von aufrichtig und zuverlässig bezeichnet. *Graphologisch:* Klare Buchstabenführung, offene o- und a-Formen sowie Girlande mit mäßigem Druck, guter Übersicht und Gliederung.

Eckig heißt ungeschliffen, ungewandt, ungelenk, steif und rauh. Der Eckige weiß sich in der Gesellschaft nicht zu benehmen und wird dem Spott der oberflächlich Urteilenden ausgesetzt. Oft ist der Eckige eher ursprünglich. *Graphologisch:* Eckige, kantige Schrift, meist winkelbetont. Die Buchstaben sind festgeformt, unverbunden und auch innerhalb des Buchstabens fallen Einzelteile auf, die sich nur mühsam zu einem Buchstaben formen lassen. Bei Arkade und straffer Girlande zeigt sich jedoch ein gewisses Maß von Bestimmtheit und relativer Gewandtheit.

Egoismus: Alle Formen des Egoismus zielen darauf ab, die Umwelt und Mitmenschen zu verbrauchen und für den persönlichen Kampf nutzbar zu machen. Oft ist Egoismus mit Rücksichtslosigkeit, Mangel an Einfühlungsvermögen, Gefühlsarmut und Neid verbunden. *Graphologisch:* Linksläufige Schnörkel, Unterlängen größer als Oberlängen, Wortenden enger werdend, Unterlängen mit Völle, Winkel und Arkade, Krallenzüge, unregelmäßig, besonders die Mittelzone hingehauen, hohe t-Querstriche, isolierte Anfangsbetonung.

Ehrgeiz: Das Streben, vorwärts zu kommen, Ruhmbegier, Strebertum, übersteigerter Eifer. *Graphologisch:* Das starke Geltungsbedürfnis zeigt sich in einer übermäßig großen Schrift, in Druck, Rechtszug, hohen Oberlängen und markanten Unterlängen, jedoch mäßigem Mittelband, Linkszügen und krallenartig egozentrischen Buchstabenformen. Die Anfangsbetonung tritt besonders kraß in Erscheinung und das ICH wird deutlich unterstrichen.

Eifer: Ernsthaftes, emsiges Bemühen, lebhafter Fleiß, Schwung und Tatendrang. Es kann auch blinden Eifer geben, der nur schadet. *Graphologisch:* Energische Züge, druckbetont, große Anfangsbetonung, hohe Oberlängen, Arkade, aber auch Winkel und Girlande, während sich zum Schluß die Fadenbindung zeigt. Linkstendenzen deuten den egoistischen Eiferer an, der sich um jeden Preis durchsetzen möchte.

Eitelkeit: Dieser Schrifturheber will von anderen bewundert werden. *Graphologisch:* Völle statt Magerkeit der Schrift, Winkel und Arkade, aber auch Girlande, Betonung der Unterzone, übertriebene Formen, wenig Rhythmus, eckiger Strich, künstliche Unterschrift.

Emanzipiert ist die Frau, die sich selbständig durchsetzt und sozusagen vom Manne freikauft. *Graphologisch:* Schriftmerkmale einer Männerschrift, kräftig ausfahrende Züge, druckbetont, aparte Anfangsbetonung, Girlande und Arkade, aber auch Winkel und Faden. Oberlängenbetont treten die Mittel- oder Kleinbuchstaben etwas zurück. Die Unterlängen sind kräftig und formvollendet. Die Handschrift macht einen energischen Eindruck.

Energie: Willenskraft und Willensstoßkraft, die sich in stets neuen Anstrengungen auswirken. Energie hat aber nichts mit Ausdauer zu tun, da sie ebenso spontan auftreten und wieder abklingen kann. *Graphologisch:* Energische Züge, scharfe Anfangs- und Endbetonung, große Oberlängen und markante Unterlängen bei einem durchschnittlichen Mittelband um 3 mm Höhe. Spontaneität tritt auf, wenn zum Druck Schwellzüge, sogenannte plötzliche Druckstellen, auftreten.

Ermüdbarkeit: Konzentration und Denkfähigkeit nehmen ab, die Vitalität versagt und mindert die Leistungsfähigkeit. Im *graphologischen* Bild zeigen sich Größenschwund, schlaffe Wortenden, fallende Zeilenführung, Unterlängenverkümmerung und unsicherer, auch ganz aussetzender Strich. Schwacher Druck, Winkel am Anfang, schlaffe Girlande am Wortende werden durch schlechte Gliederung ergänzt.

Ernsthaftigkeit: Mit festem Vorsatz ein Ziel ansteuern, eifrig und entschieden vorgehen. *Graphologisch:* Gleichmäßiger Druck, Verbundenheit, Anfangsbetonung, gute Gliederung, Rhythmus bei geschmackvoller Bereicherung und gleichzeitiger Vereinfachung.

Erotik: Von Liebe, Liebeslust und Sex beflügelt. Hier zeigen sich die Triebeigenschaften am stärksten ausgeprägt. Von Liebe im ethischen Sinn ist nicht die Rede, nur von der sexuellen Liebe. *Graphologisch:* Starke Druckstellen und Schwellzüge, Teigigkeit. Die Schrift ist wie an das Papier geheftet und lehnt sich an das Blatt an. Rechtstendenz, Girlande und starkes Mittelband herrschen vor. Wenn aber die Oberlängen überwiegen, kann mehr von vergeistigter Erotik gesprochen werden; in der Unterlänge zeigt sich die triebgebundene erotische Bindung.

Erregbarkeit: Schreiber ist leicht aufbrausend und ungeduldig, was sich in Gefühlserregungen äußert. *Graphologisch:* Große, weite Schrift, Höhe unausgeglichen, ebenso Richtung, zumal die Buchstaben auf und ab springen. Verstrickte Zeilen mit übertriebenen Unterlängen, ungenaue Buchstabengestaltung, Unregelmäßigkeit und keulenartige Endungen sind besondere Kennzeichen der Erregbarkeit. Die Zeile steigt, tendiert nach oben, aber die Schrift ist ungegliedert.

Extravertiert: Der Extravertierte lebt nach außen und von seiner Umgebung. Er ist für äußere Eindrücke aufnahmefähig und ist gespannt auf das Echo seiner Äußerungen. *Graphologisch:* Große, ausfahrende Züge nach oben und unten, aber besonders starke Anfangsbetonung, schwacher Endzug, Girlande und Arkade bei weiter Schrift, und Druckbetonung neben teigigen Zügen.

F

Fanatismus: Hier zeigt sich blinder Durchsetzungsdrang im Verfolgen egoistischer Ziele mit Bekämpfung gegenteiliger Meinungen. *Graphologisch:* Große, ausfahrende Züge bei Betonung der Oberlänge, gespannter Druck, Winkel und Arkade, fahrige Schrift.

Fleiß: Man hat Vergnügen und Freude an der Arbeit und ist von Ausdauer auch bei kleinen Dingen. *Graphologisch:* Sehr genau gesetzte Oberzeichen, genaue Buchstaben und Zahlen, eher klein als groß, genau abgegrenzter Zeilenrand links und rechts, mittlerer Druck und Unterlängen hochgezogen.

Flink: Beweglich, eilig, elegant in der Bewegung und geschickt in der Anpassung.
Graphologisch: Eilige Schrift, verbunden, rechtsgeneigt, girlandisch betont und fadenförmig, mäßiger Druck, mittlere Höhe und Größe.

Flott: Eine flotte Erscheinung, flott im Handeln. *Graphologisch:* (wie bei flink) sehr beweglich, eilig, elegant und verbunden.

Flüchtig: Oberflächlich, geschwind, leichtfüßig. *Graphologisch:* Leichthin gefügtes Buchstabengebilde, verbunden, aber nicht markant, schwankende Linien und Fadenform herrschen vor, zeigt wenig Substanz.

Furchtlosigkeit: Der Furchtlose kennt keine Furcht, da er über einen Mangel an Phantasie verfügt und realistisch eingestellt ist, um so mit Selbstvertrauen vorzugehen. *Graphologisch:* Die Oberlängen, Anfangsbetonung, Druck und steile Lage herrschen vor. Gefühlsmomente, die aus dem Mittelband zu erkennen sind, fehlen.

Furchtsamkeit: Ängstlichkeit ist das Leitmotiv dieser Menschen. Sie leiden darunter, einer – auch vermeintlichen – Gefahr nicht gewachsen zu sein. *Graphologisch:* Kleine

Schrift, dünner leichter Strich, schüchterne Girlande, größeres Mittelband bei kleinen Ober- und Unterlängen.

G

Galanterie: Galante Menschen erscheinen höflich, aber auch aufgeputzt, sind eitel, stolz und prunkend. *Graphologisch:* Übertriebene Anfangsbetonung mit Bereicherung, schwungvolle Buchstabengestaltung, Breite, Weite, Girlande und Faden, stilisierte Formen und in der Unterschrift »aufgebauscht«.

Gaunerei: Bauernschlaue Betrüger. Das Genußleben steht im Vordergrund ihres Denkens. Es besteht der Drang, sich das Leben ohne Mühe angenehm zu machen. Das Leistungsstreben fehlt und wird durch Arbeitsunlust ersetzt. *Graphologisch:* Unechte, vulgäre Formen. Undeutlichkeit von Unterschrift und Buchstaben, übertriebene Teigigkeit, vernachlässigte Buchstabenteile, Auflösung der Bindungsformen, Linksbetonung, Mittelzone vergrößert, aber vergröbert, völliger Mangel an Rhythmus und Koordination.

Geduld: Solche Menschen können gute und schlechte Tage vertragen, sind froh mit den Frohen und traurig mit den Traurigen. Sie wissen Leid ebenso zu ertragen wie Glück. Geduld setzt beherrschtes und ruhiges Ertragen von Schwierigkeiten voraus. *Graphologisch:* Die Buchstaben sind gut geformt, Längenunterschiede mäßig, langsam, elastisch und enthalten meist Arkaden und Winkel, gutgesetzte Oberzeichen, straffe Ränder, gute Lesbarkeit und Gliederung.

Gefühl: Alles wird zuerst vom Gefühl angesprochen. Es sind feinfühlende, warmherzige und teilnehmende Menschen, dabei können Ehrgefühl, Rechtsgefühl und Schamgefühl besonders betont auftreten. *Graphologisch:* Hauptsächliche Betonung der Mittelzone, Girlande, leichter bis mäßiger Druck, gute Gliederung und Formgestaltung.

Geil ist derjenige, der seine geschlechtliche Gier schamlos zeigt oder sie nur leicht verhüllt. *Graphologisch:* Teigige Schrift, große Rechtsneigung, großes Mittelband mit Girlande oder Faden, aber starke, voluminöse Unterlängen; Schwelldruck.

Geiz: Der Geizige hält ängstlich seinen Besitz zusammen. Er will überall sparen, auch in den kleinsten Dingen. *Graphologisch:* Das Blatt ist vollgeschrieben, der Rand schmal und kleiner werdend, die Schrift ist klein, unverbunden, eng, unauffällig in der Formgebung, dünne Striche, Magerkeit ohne Rhythmus.

Genauigkeit: Pedantisch, pünktlich, korrekt, akkurat, an die Norm gebunden. *Graphologisch:* Klare Buchstaben, genau gesetzte Oberzeichen, Arkade und Winkel.

Genießer nehmen jede Gelegenheit wahr, am Lebensgenuß teilzunehmen. Das kann sich auf Essen, Trinken und Erotik beziehen. *Graphologisch:* Schwungvolle Buchstaben, Schwelldruck, Unterlängen besonders ausgeprägt mit plötzlichen Druckstellen. Schleifende Girlande und schwelldruckartige Fadenform.

Grausamkeit: Ein Mensch, der andere gern in Furcht und Schrecken versetzt. Er hat Lust an der Angst anderer und kann haßerfüllt jemandem Leid zufügen, ja, selbst morden. *Graphologisch:* Die Buchstaben sind druckstark, tragen plötzliche Knotenpunkte, die Anstriche sind spitz, ebenso die Enden. Winkel und Arkade herrschen vor, und die Schrift macht einen gewalttätigen Eindruck.

Großzügigkeit will aus dem Vollen schöpfen. *Graphologisch:* Weite, Größe, Breite, hochgesetzte i-Punkte und t-Querstriche, weiter Linksrand mit ebensolchem Rechtsrand. Der Bogen wird großzügig beschrieben, die Schrift ist rund, voll, breit und tendiert zum Rechtszug, hat große Zwischenräume und Zeilenabstände. Kurvenduktus herrscht meistens vor.

H

Habgier: Ähnlich wie der Geizige versucht der Habgierige alles für sich zu erhaschen. Aber auch aus Neid und Eifersucht kann jemand habgierig sein, um sich zu bereichern. *Graphologisch:* Kleine, enge Schrift, dünne Striche, Magerkeit, aber starke Unterlängen – materielles Vorgehen.

Heiter ist derjenige, der sich meist in froher Stimmung zur Umwelt verhält. Er hat eine positive Einstellung zum Leben. *Graphologisch:* Völle, Rundung bei ansteigender Zeile, flächige Schrift, gute, formenreiche Gliederung, Kurvenduktus, Rhythmus, Rechtsschrägigkeit, mittlere Größe.

Herrschsucht: Diese Menschen versuchen, jedem und allem ihren Willen aufzuzwingen. Herrschsucht ist eine primäre und tief geprägte Charaktereigenschaft. *Graphologisch:* Auffallende Betonung der Oberlänge, straffe Unterlängen und betonter Anfangszug. Meist Arkade oder Winkel mit erstarrten Zügen.

Humorlosigkeit: Der humorlose Mensch ist nüchtern, sachlich und geht steif durch die Gegend. *Graphologisch:* Starre Schriftzeichen, eng, ohne Druck, arkaden- und winkelbetont.

Hysterie: Zustand, in dem sich seelische Erregung durch körperliche Veränderungen oder Funktionsstörungen äußert. Dieser Mensch ist leicht erregbar, übertreibt gern und kann sich ohne Grund aufregen. *Graphologisch:* Unklares Schriftbild, Druck wechselt mit Drucklosigkeit, Höhe mit Kleinheit, wobei das Mittelband oft die Größe nach oben und unten überragt. Eine unausgeglichene Schrift.

I

Ichbetonung: Diese egozentrische Verhaltensweise lenkt die Aufmerksamkeit auf das eigene Ich, wobei die eigenen Leistungen hoch eingeschätzt werden, obgleich sie u. U. nur durchschnittlicher Natur sind. *Graphologisch:* Übernormale Größe, Schnörkel, Betonung der Oberlängen, Schwelldruck, Völle, erhobene Zeile und verlagerte Querstriche, hochgesetzte i-Punkte, steil bis linksschräg, meist unregelmäßig, unverbunden mit Linksabbiegungen.

Idealismus: Idealisten verwirklichen die Lehre, daß der Geist die Materie formt. Idealisten werden belächelt, aber sie lassen sich nicht von ihrer Idee abbringen, ihre Pläne weiter zu verfolgen. *Graphologisch:* Betonung der Oberlänge, hochgesetzte i-Punkte und t-Querstriche, Druck im Abstrich, oft Winkel und Arkade, gerade Linienführung, große Anfangs- und kleine Endbetonung. Wenn dagegen zu viel Bereicherung bis Verschnörkelung hinzutritt, Schwelldruck und überhöhte Oberlänge, dann kann dies leicht einen Phantasten kennzeichnen.

Illusionsfähigkeit: Man lebt in einer Scheinwelt und umgibt sich mit falschen Hoffnungen. Solche Menschen können Wirklichkeit von Phantasie oder Bluff nicht unterscheiden. *Graphologisch:* Sehr großer Wort- und Zeilenabstand, überwiegend hochgesetzte Oberzeichen, wobei die Oberlängen verkümmert sind. Buchstabenvertauschung und Wechsel zwischen deutscher und lateinischer Schrift, Völle, Schnörkel und ungenaue Gliederung. Die Anfangsbuchstaben sind bereichert und verziert.

Impulsivität: Der Handelnde ist leidenschaftlich und gefühlsbetont. Es »geht mit ihm durch«, und er sagt oder unternimmt etwas, was er später bereut. In der ersten Begeisterung kann er sich übernehmen. *Graphologisch:* Starke Grundstriche, plötzliche Druckstellen – auch im Mittelband, das vergrößert ist und über 3 mm Höhe liegt. Weite, starke Anfangs- und z. T. auch Endbetonung herrschen vor, und die Oberlängen sind überbetont, die Unterschrift besonders markant und groß.

Infantilität: Infantil sind Erwachsene, die infolge Entwicklungsstörung oder -hemmung geistig zurückgeblieben sind. Sie neigen zu Kurzschlußhandlungen und werden durch Labilität wirklichkeitsfremd. *Graphologisch:* Unentwickelte Buchstaben, Schulformen, Unregelmäßigkeit, Anfangsbetonung, Völle, Linkstendenz, größer werdende Wortenden. Formstarre.

Introvertiertheit: Nach C. G. Jung eine angeborene, für den Betreffenden typische Grundeinstellung zur Welt. Er ist nach innen gerichtet und reflektiert ichbezogen. *Graphologisch:* Durch »innere Schwierigkeiten« schwacher, unregelmäßiger Druck, unverbunden, langsam, linksbetont, kleiner Anfangsrand, große Wortabstände, Enge, tiefgesetzte Oberzeichen, versteifte Schrift.

J

Jähzorn: Der Jähzorn ist die negative Seite des sanguinischen Temperaments. Die übermäßigen Spannungen im Unterbewußtsein führen zu heftigem Aufbrausen. *Graphologisch:* Ausfahrende, aggressive Züge in der Anfangs- und Endbetonung, heftiger Druck, Größe ohne Weite, Druckstellen an zahlreichen Buchstaben, die plötzliche Impulse andeuten.

Jammer: Jemand, der Kummer leidet, und dies jämmerlich zum Ausdruck bringt. *Graphologisch:* Enge, dürre Schrift mit fallender Zeile und abfallenden Wortenden, hingeworfene Girlande mit fadenartigen Zügen.

Jovial ist der Mensch, der aus echter oder gespielter Überlegenheit auftritt und sich zum Volk herabläßt. In dieser Haltung liegt Hochmut. *Graphologisch:* Übertrieben große Buchstaben, ungegliedert, arkadisch betont, unecht im Duktus.

K

Kälte: Ein Mensch ohne Gefühlswärme, eisig, frostig und ungerührt. *Graphologisch:* Magerkeit, Winkel und Arkade, Gliederung, dünner Strich und meist unverbunden, Linkstendenz mit starker Anfangsbetonung.

Kleinlichkeit: Der Kleinliche liebt das Kleine und übersieht die großen Zusammenhänge. Durch Beachtung der Nebensächlichkeiten kommt er zu keinem klaren Bild. *Graphologisch:* Enge, genau geformte Buchstaben mit aufsitzenden Oberzeichen, die gewissermaßen über den Buchstaben haften, gutgeformte Arkade und Winkel, unklarer Duktus, so daß man nie weiß, ob es sich um eine Arkade oder Girlande handelt.

Konsequenz: Der Konsequente folgt unbeirrbar seinen Grundsätzen. Er hält an seiner Meinung fest, was positiv, aber auch negativ ausgelegt werden kann. *Graphologisch:* Übersichtliche Anordnung, gerader Linksrand, hochaufgerichtete Buchstaben, steil, arkadisch betont mit zahlreichen Winkelbildungen.

Korrektheit: Auch dieser Typ hält sich an die Gesetze und Abmachungen, ist ehrgeizig bestrebt, seine Pflicht zu erfüllen, wird aber meist zu pedantisch sein, um einer größeren und selbständigen Aufgabe gewachsen zu sein. *Graphologisch:* Klare Buchstaben, genaue Abstände, alles ist auf Abstand, Form und Gliederung abgestellt. Gerade Linienführung, betont klarer Linksrand und gute Leserlichkeit mit eindeutigen Bindungsformen.

Krankheitserkennung aus der Handschrift ist nur bedingt möglich. Es gibt keine Krankheitszeichen. Obwohl es feststeht, daß bestimmte Erkrankungen Schriftveränderungen hervorrufen, hat die Theorie hier noch keine sicheren Erkenntnisse gezeitigt. Nur Störungen des motorischen Systems oder seelische Veränderungen können die Schrift beeinflussen. Da die Schrift stabilisierte Ausdrucksbewegung ist, können zur Deutung krankhafter körperlicher Befunde nur solche Merkmale herangezogen werden, die von der Bewegung aus erfaßt werden können. Hier liegen die Grenzen körperlich-pathologischer Veränderungen im Schriftbild. *Graphologisch:* Störungen in Druck, Lage und Richtung, Zufall der Schrift, unregelmäßige Verbundenheit, Schwelldruck und Flecken in der Schrift, Ungegliedertheit, erhöhte Zeilenverstrickung, Zittern, Nachverbesserungen, Vertauschungen von Buchstaben, Buchstabenzerfall.

Kühnheit: Mut und Können vereinigen sich zur Kühnheit. Sie ist das Gegenteil von Abenteuerlust und Verwegenheit. Der Kühne setzt Geld, Leib und Leben ein, wenn ihm dies sinnvoll erscheint. *Graphologisch:* Klare, aufstrebende Buchstaben, stabile Formen, druckbetont, Ober- und Unterlänge stimmen überein, feste Girlande, aber auch Arkade und Winkel. Linksrand eng, aber gerade verlaufend, ebenso gerade Linienführung.

L

Labil ist jemand, der schwankt, unsicher und unbestimmt ist. *Graphologisch:* Drucklose, sich hinschlängelnde Schrift, unklarer Duktus, mehr fadenförmig. Starker Rechtszug mit ungegliederten Formen.

Langeweile: ›Hier zeigt sich Erlebnisarmut und Unausgefülltheit aus brüchig gewordener Lebenskraft und fehlender Selbsterziehung‹ (Curt Donig). *Graphologisch:* Die Schrift ist drucklos, mager, mechanisch verbunden und regelmäßig, schulmäßig gleichförmig, eng und vielfach steil oder nach links geneigt. Enge und mangelnde Gliederung fallen ebenso auf wie Rhythmusmangel.

Langsam bewegt sich der Phlegmatiker, der Träge und Bedächtige. Krankhaft langsam sind die Schwermütigen und Schizophrenen. *Graphologisch:* Mäßig in Druck, Höhe und Weite, verschliffene Girlande und Faden, aber auch gut gesetzte Oberzeichen bei Arkade und Winkel. Diese Schrift hat keinen Schwung.

Launenhafte Menschen sind unberechenbar, leicht verärgert in allen Situationen, wechselvoll in der Stimmung; oft himmelhochjauchzend, dann wieder zu Tode betrübt. *Graphologisch:* Die Schrift macht einen unsteten Eindruck, wobei Druck mit Drucklosigkeit wechselt. Lange Anstriche und scharfe Enden stehen in Widerspruch zur Schriftgröße. Die Bindungsformen sind unausgeprägt.

Laute Menschen treten laut und lärmend auf. Bei Kindern ist das ein natürlicher Vorgang, bei Erwachsenen ein Erziehungsmanko, eine unbezähmte Rücksichtslosigkeit. *Graphologisch:* Hohe und große Buchstaben, sporadischer Druck, steil bis rechtsgeneigt, Ausbuchtungen in den Buchstaben, sich wichtig nehmen; keine Gliederung. Mittelband tritt gegen Ober- und Unterlängen zurück.

Leichtfertig handeln bedeutet, übereilt und unüberlegt vorzugehen. Der Leichtsinnige geht meist gefühlsmäßig und triebgebunden vor. Dieser Mensch gefährdet sich und andere und mißt allen Dingen leichtes Gewicht bei. *Graphologisch:* Hervortretende schmale Oberlängen, große Längenunterschiedlichkeit, rechts-schräg, völlig, besonders in der Oberzone, zunehmende Weite, vorauseilende Oberzeichen, breiter werdender Linksrand, erschwerte Leserlichkeit, unklarer Duktus, Wechsel zwischen Girlande, Faden und Arkade.

Lügner: Nicht jeder, der einmal die Unwahrheit sagt, ist ein Lügner; der echte Lügner ist gewissenlos und erhofft sich durch seine Lüge Vorteile. *Graphologisch:* Unklare Bindung, unten geöffnete Mittelbuchstaben und Fadenform. Zu den Unaufrichtigkeitsmerkmalen zählen Deckzug, gestützte Nebenrichtung, Zuchtschrift, Einrollungen, Nachverbesserungen, Spiralzüge, Zeilenverstrickung, Punktierung der Buchstaben und Sätze, Weglassen von Buchstaben, Buchstabenvertauschung, Vorverlegung des u-Hakens, linkswärts eingekrümmte Kurzbuchstaben, Verlängerung des Anstrichs, Verschleifung, Mischschrift, geteilte Großbuchstaben und Übertreibungen nach Fläche und Höhe.

M

Machtbewußtsein: Diesem Menschen fehlt die demütige Erkenntnis, daß er Macht seiner Tüchtigkeit verdankt. *Graphologisch:* Übertriebenes Hervorschießen der schmalen Oberlängen, Druck, Weite, Arkade und Winkel, Völle und Hochstellen der Endungen.

Managerkrankheit: Nach Donig Erschöpfung und Überreiztheit durch unrationelle Arbeitsweise. Der Manager will in der Öffentlichkeit eine Rolle spielen, setzt Enttäuschung in Aggressivität um und erschrickt vor neuen, übergroßen Aufgaben. *Graphologisch:* Übertriebene und ungenaue Buchstaben sowohl in Druck als auch in der Weite. Große Anfangsbuchstaben, Höhe und Unterlänge ersticken das Mittelband. Winkelduktus und Arkade sind schlaff, und alles macht einen müden Eindruck. Die Unterschrift ist kraftvoll, da sie kennzeichnend ist für den Einsatz der letzten Kraftreserven.

Melancholie: Dieser Mensch ist schwermütig und empfindet alle Erlebnisse schmerzlich. Solche Menschen nehmen das Leben schwer und können sich in diesem krankhaften Zustand zur Depression steigern. Oft zeigen sich Nebensymptome in Form von Halluzinationen. *Graphologisch:* Die Schrift ist an die Zeile geklebt, ebenso die Oberzeichen an die betreffenden Buchstaben. Druck wechselt mit Drucklosigkeit; wenig Rhythmus und Regelmäßigkeit; kleine Oberlängen, Arkaden, abfallende Zeilen und Endungen.

Minderwertige resignieren und zeigen sich entmutigt. Sie werden durch körperliche und geistige Mängel im Kampf um Streben beeinträchtigt. *Graphologisch:* Die Schrift ist drucklos, mager, eng, steil oder links-schräg, unverbunden und weist eine fallende Zeile auf. Zwischen Schrift und Unterschrift zeigen sich Divergenzen.

Mißtrauen: Der Mißtrauische traut keinem Menschen, sondern fürchtet, hintergangen, belogen oder geschädigt zu werden. *Graphologisch:* Enge, Kleinheit, Arkade mit Einkrümmung des Abstrichs, schmaler werdende Wörter, Versteifung. Hinter dem Satz oder der Unterschrift wird ein Punkt gesetzt, damit nichts mehr hinzugefügt werden kann.

N

Nachdenkliche Menschen dringen in die Tiefe, auf den Grund einer Sache. *Graphologisch:* Saubere Formen, korrekte Einhaltung der Zeile, genaue Oberzeichensetzung, Druck im Abstrich, markante Girlande oder Winkel.

Nachlässig ist derjenige, der sich gehenläßt und dem es an Sorgfalt, Genauigkeit und Aufmerksamkeit fehlt. Bei Nachlässigkeit zeigt sich Willensschwäche. *Graphologisch:* Ungenaue bis verkümmerte Buchstaben, meist druckschwach, unregelmäßig, ungegliedert oder ungenau gesetzte Oberzeichen, die manchmal auch fehlen. Die Bindungsformen sind unausgeprägt, Buchstaben fehlen, und die Schrift ist fahrig.

Neinsager sind Leute, die alles in Zweifel ziehen und gern das Gegenteil behaupten. Diese negative Lebenseinstellung äußert sich *graphologisch* in engen, kleinen und druckschwachen Buchstaben mit starker Mittelzonenbetonung. Vielfach Linkstendenz, linksbetonte Einrollungen und Wechsel zwischen kleinen und großen Kurzlängen.

Nervosität: Nervöse Menschen stehen an der Grenze des krankhaft Erregten. *Graphologisch:* Kleine, enge Schrift, mäßiger Druck bei Schwellzügen an Nebenteilen, ausfahrende Endungen, unregelmäßige Bindungen, schlaffe Girlande oder Faden und Auslassen von wichtigen Buchstabenteilen.

Nüchternheit: Der charakterlich Nüchterne hält Abstand und läßt sich nicht begeistern. Er bleibt steif und schmucklos, setzt sich aber mit viel Wille und Energie durch, um seine Leistung zu steigern; ihm fehlt die Kontaktbegabung. *Graphologisch:* Nüchterne, kleine, druckschwache Buchstaben, keine Übertreibung von oben oder unten, mittleres Mittelband, genaue Oberzeichensetzung und Festhalten an der Zeile.

O

Oberflächlichkeit: Der Oberflächliche geht den Dingen nicht auf den Grund. Er begnügt sich mit dem ersten Eindruck und zieht voreilig Schlüsse. *Graphologisch:* Die Schrift fliegt oberflächlich dahin, ist unverbunden, ungenau ausgeprägt, wobei die Oberzeichen weit vorauseilen. Druck ist nur angedeutet, und bei den Bindungsformen findet man die unausgeprägte Girlande oder den Faden.

Offenherzige Menschen verstecken nichts, haben keine Hintergedanken und geben sich offen. *Graphologisch:* Offene Buchstaben im Mittelband, ausgeprägte Formen, Girlande und gut leserliche Schrift; auch die Unterschrift ist gut zu lesen.

Oppositionslust: Freude am Verfechten einer Idee mit Vorliebe für den Widerspruch. *Graphologisch:* Scharfe Anstriche und Wortenden, Druck, Arkade, Winkel.

Der *Optimist* sieht in allen Lebenslagen einen Ausweg. Er kann dies nicht vernünftig begründen, sondern verläßt sich auf sein Gefühl oder seinen Instinkt, daß es schon gutgehen wird. *Graphologisch:* Offene Buchstaben, Rechtstendenz, große Oberlängen, Girlande und Faden, hochgestellte und markante Anfangsbetonung, Regelmäßigkeit und durchgehender Druck.

Ordnung: Der ordnungsliebende Mensch wird vom Verstand geleitet. Jedes Ding liegt an seinem Platz. Solche Menschen sind pedantisch, genau und korrekt. *Graphologisch:* Die Buchstaben sind genau niedergeschrieben, der Rand wird eingehalten, das Mittelband steht in einem guten Verhältnis zur Ober- und Unterlänge. Bindungsformen sind korrekt ausgeführt, können aber bis zur Versteifung führen.

P

Pedanterie ist übertriebene Ordnungsliebe. Es wird sich starr an die Normen gehalten. Der Pedant hat ein festumrissenes Tagesprogramm und ändert nicht gern seine Haltung oder Meinung. *Graphologisch:* Nach der Schreibvorlage wird Buchstabe nach Buchstabe niedergeschrieben. Die Schrift ist eng, klein, mager, langsam, sorgfältig gegliedert, gut lesbar und deutlich. Winkelformen werden bevorzugt, und die Oberzeichen sind genau gesetzt.

Der *Pessimist* sieht schwarz. Er kann sich nicht vorstellen, daß nach kritischen Phasen auch gute Tage kommen und die Zukunft auch Chancen hat. *Graphologisch:* Kleine, dünne, genau ausgeführte Buchstaben, genau gesetzte Oberzeichen, Arkade und Winkel, steile bis links-schräge Schriftzeichen. Von der Einförmigkeit bis zur Erstarrung ist kein langer Weg.

Der *Phlegmatiker* ist in allem langsam und bedächtig. Er bleibt gleichgültig und ist schwer für eine Aufgabe zu begeistern. Wenn es um Entscheidungen geht, versagt er. *Graphologisch:* Enge, Magerkeit, Druckschwäche, Regelmäßigkeit, kleine Buchstaben, Girlande, geringe Längenunterschiedlichkeit, unterbetonte Anfangszüge, abgebrochene Endzüge.

Pünktlichkeit: Nicht aus Pedanterie, sondern aus einem inneren Verhalten zur Harmonie und dem Streben nach Einordnung ist dieser Typ pünktlich. Er richtet sich nicht nach seiner Stimmung, sondern nach der Uhr, damit er die Tageszeiten einhalten kann. *Graphologisch:* Kleine, deutliche, genaue Buchstaben mit ebensolchen Oberzeichen. Die gute Druckverteilung, ausgeprägte Oberlängen und Unterlängen sowie ein stabiler Duktus zeichnen ihn aus. Die Linie wird eingehalten und bei mäßig eiliger Schrift tendiert er zwischen Steilheit und Rechtszug.

Q

Quackelei: Ein Unentschlossener, der heftig hin und her redet und stets schwankt, anstatt zuzupacken. Er versucht sich herauszureden, um keine Stellung beziehen zu müssen. *Graphologisch:* Unklares Schriftbild, Schwanken zwischen Links- und Rechtstendenz, schwacher Druck, mäßige Girlande mit Tendenz zum Faden, keine Anfangs- und Endbetonungen.

Quecksilbrig ist der von Unruhe getriebene, cholerisch oder sanguinisch betonte Mensch, der stets in Bewegung ist, sowohl körperlich als auch geistig. Er wird seine Richtung wechseln und hat keine Ausdauer. *Graphologisch:* Schwanken zwischen Links- und Rechtstendenz, Zeilenverstrickung, Wechsel zwischen Arkade und Girlande, geringerer Druck wechselt mit starken Druckstellen, die den spontan reagierenden Menschen kennzeichnen.

Querulanten suchen die Unzufriedenheit nicht bei sich selbst, sondern bei ihrer Umgebung. Sie beschweren sich wegen jeder Kleinigkeit und suchen Streit. *Graphologisch:* Druck wechselt mit Drucklosigkeit, die Richtung wechselt von links nach rechts und die Zeile steigt an, um zum

Schluß wieder abzufallen. Auch die Bindungsformen sind uneinheitlich.

R

Raffgier: Habgier in hemmungsloser Weise. Um jeden Preis will man sich bereichern und das auf Kosten der Mitmenschen. *Graphologisch:* Scharfe Endungen mit nach links geführten Häkchen, Winkel, Arkaden, geschlossene a-, o- und b-Formen. Die kraftvolle Schrift zeigt Unterbrechungen im Strich, und der Druck verstärkt sich zum Schwelldruck. Völle und Enge werden hier zu einem Widerspruch in sich, zeigen aber den raffgierigen Charakter, der alles für sich erhaschen will, ohne auch nur etwas abzugeben, da der Geiz in diesem Fall eine Rolle mitspielt. Der Schriftraum macht einen vergewaltigten Eindruck, und keulenartige Endungen zeigen, daß der Raffgierige auch brutal vorgehen kann.

Rechthaberei: Überbetonung der eigenen Sicherheit mit bedingungsloser Überzeugung. Ein Irrtum wird nie zugegeben. *Graphologisch:* Unregelmäßige, wenig druckbetonte Schrift, wobei die Endbetonung druckstark ist. Winkel und Arkade, nach links gerichtete eckige Spitzen statt Schleifen, starke nach unten gerichtete Schlußzüge und zerstörte Bindungsformen.

Resignation: Solche Menschen verlieren leicht den Mut, besonders vor schwierigen Situationen. *Graphologisch:* Stark abfallende Zeile, kleine, magere Schrift mit schlaffer Formgebung, wobei die Endzüge nach unten tendieren.

Außerdem erkennen wir schwachen Druck, Wortunterbrechungen und eine schlaffe Girlande.

Resolut: Zu allem entschlossen. Solche Menschen wollen schnell zu einem Resultat kommen und führen ohne Zögern ihren Entschluß aus. *Graphologisch:* Eilige, straffe Strichführung, Verbundenheit, Rechtstendenz, Girlande oder Arkade, starke Anfangs- und Endbetonung.

Robustheit: Ein harter, unempfindlicher und widerstandsfähiger Mensch mit starken Willenskräften, die ihn alle Anstrengungen ertragen lassen. *Graphologisch:* Straffe Strichführung, Druck, Arkade und Winkel, Steilheit mit einer geraden Linie. Oft ist die Unterlänge besonders kraftvoll ausgeprägt.

Rücksichtslosigkeit: Der Wille wird brutal durchgesetzt. Solche Menschen haben ihr bestimmtes Ziel vor Augen und gehen durch dick und dünn, um ihre Absichten zu verwirklichen. Sie zeigen auch genügend Ausdauer, um durchzuhalten. *Graphologisch:* Hohe, breite Schriftform, enger Zeilenabstand, druckbetonte Rechtsläufigkeit, besonders am Wort- und Zeilenende. Der Rechtsrand fehlt oder ist schmal, und der Linksrand wird zum Schluß kleiner. I-Punkte sind keulenartig ausgeprägt; auch dolchartige Enden zeigen sich. Der Raum ist nach rechts und links ausgenützt.

Rücksichtsvoll: Wenn auch bei einem solchen Menschen die eigenen Ziele nicht aus den Augen gelassen werden, so bleibt der Rücksichtsvolle stets höflich und beweglich genug, um zu einem Kompromiß zu kommen. *Grapholo-*

gisch: Starke Anfangs- und Oberlängenbetonung, aber mit einem gutausgeprägten Mittelband. Rechtstendenz herrscht ebenso vor wie Rhythmus und gute Gliederung. Der gute Verbundenheitsgrad kennzeichnet zusammen mit Girlande und kraftvoll geprägten Formen den energischen, aber verbindlichen Menschen.

Ruhmgier: Der Ruhmgierige will unbedingte Zustimmung und in der Öffentlichkeit anerkannt werden. Er möchte gern als etwas Besonderes gelten. Er ist eitel, stolz, despotisch und geltungsbedürftig. *Graphologisch:* Große Anfangsbetonung, Bereicherung bis Verschnörkelung, wobei auch die Unterschrift meist verziert und unterstrichen ist. Hohe Oberlängen und stark betonte Unterlängen, mächtiges Mittelband mit Girlande und Faden. Die Handschrift macht einen gekünstelten Eindruck.

S

Sachlichkeit zeigt sich in einer rein verstandesmäßigen Arbeitsweise. Meist haben solche Menschen wenig Humor und sind nüchtern bis langweilig. *Graphologisch:* Klare Gliederung, an die Form gebunden, ohne Übertreibungen nach Höhe, Lage und Druck. Die Buchstaben machen einen nüchternen Eindruck, sind meist steil, haben kein Übermaß an Anfangs- und Endbetonung und liegen genau auf der – auch vermeintlichen – Linie.

Der *Sadist* empfindet sexuelle Lust bei allem, was dem anderen Schmerzen zufügt. *Graphologisch:* Plötzliche Druckstellen in teigiger Schrift, ungezügeltes Mittelband, großausgeprägte Unterlängen, Schwelldruck und Unförmigkeit mit keulenartigen Schlußzügen.

Der *Sanguiniker* ist schnell begeistert, reagiert lebhaft, ist beeinflußbar und erwärmt sich für alles Neue. Aber er kann ebenso schnell die Lust daran verlieren, wenn anderes Neues auf ihn zukommt. *Graphologisch:* Starke Anfangsbetonung, hohe und markant ausgeprägte Oberlängen, großes Mittelband mit Girlande und Faden. Druck auch am Aufstrich, Unregelmäßigkeit und vorgetäuschter Rhythmus.

Selbstbeherrschung: Solche Menschen überwinden leicht Schwierigkeiten, zügeln die Affekte durch den Verstand und Willen. *Graphologisch:* Die Schrift ist regelmäßig, eng, steil, gegliedert, scharf umrissen und tendiert zu schulmäßigen Bindungsformen. Eckenduktus herrscht vor, also Winkel oder Arkade, Rechtsrand regelmäßig, straff und druckbetont.

Sensibel reagiert jemand, der sich von äußeren Einflüssen beeindrucken läßt. *Graphologisch*: Winkel und Arkade, Druckschwäche, dünne Strichführung, Magerkeit, Unregelmäßigkeit und ohne Gliederung.

Subaltern: Der Subalterne fühlt sich in untergeordneter Stellung wohl und wird hier gern schulmeistern und seine Untergebenen mißhandeln. *Graphologisch:* Niedrige Buchstaben, Oberrand groß, Unterrand klein und schmal, ansteigende Buchstaben, schulmäßige Bindungsformen, Regelmäßigkeit, linksläufige Hinzufügungen am Wortende, Steilheit, fester Strich, einfach-primitive Buchstaben.

Schärfe: Energisches Auftreten, Strenge, klar formulierte Befehle. *Graphologisch:* Druck, große und scharfe Anfangsbetonung, dolchartige Endzüge, Winkel, Größe und Höhe sind übermäßig betont, ebenso die Unterlängen.

Scharfsinnigkeit: Durch den scharfen und klaren Verstand, gutes Gedächtnis und eine ausgeprägte Kombinationsgabe stellen sich solche Menschen an die Spitze. *Graphologisch:* Neben Gliederung, Buchstabenklarheit sind die Oberlängen besonders deutlich ausgeprägt, druckbetont und formvollendet.

Scheu ist jener Typ, der dem Unbekannten und Undurchschaubaren ängstlich gegenübersteht und sich zurückhält. Er ist verschlossen und wagt nicht aufzumucken. *Graphologisch:* Kleine Buchstaben, eng, ohne Druck, unverbunden, an die Linie gebunden, zaghaft, zwar gegliedert, aber ohne persönliche Prägung.

Schikane artet dahingehend aus, jemand Schaden zuzufügen. Solche Menschen machen Schwierigkeiten und sind eigensüchtig. *Graphologisch:* Große Anfangs- und Endbetonung, Druck, Arkade und Winkel, bedeutende Oberlängen und Unterlängen, Schwelldruck und dolchartige Schlußzüge.

Schizophrenie ist eine Form von Geisteskrankheit. Es fehlt die Logik des Denkens und der Gefühle. Der Schizophrene leidet unter Komplexen und hat sonderbare Einfälle, erweist sich als willensschwach, eigensinnig und interesselos.

Graphologisch: Verworrenes Schriftbild, Übertreibungen in der Höhe und im Mittelband, Wechsel zwischen Arkade und Girlande, ungegliedert und ohne Rhythmus. Die Schrift tendiert von links nach rechts und zeigt keinen Halt.

Schöpferisch und produktiv ist der Mensch, der Werke von Dauer schafft, sowohl im geistigen, seelischen wie auch künstlerischen Sinne. In ihrem Wirken zeigt sich die sichtbare Realität. *Graphologisch:* Nach Klages müßte eine solche Schrift das höchste Niveau haben, ist also einfach, rhythmisch, gegliedert, betont schnell und ohne besondere Hinzufügungen. Schmaler Links- und Rechtsrand zeigen sich ebenso wie Formenreichtum ohne Übermaß bei gemischten Bindungsformen.

St

Stabil und *standhaft* ist jemand mit Beständigkeit und einer unerschütterlichen Meinung. Solche Menschen bauen auf fester Grundlage auf und wanken nicht, wenn sie in Schwierigkeiten geraten. *Graphologisch:* Feste Formen, gute Druckverteilung, Oberlängen stark betont, ebenso die Unterlängen, Gliederung ohne Übertreibung, ausreichender Rhythmus, Winkel und Arkade herrschen vor.

Starr und *steif* ist der Bewegungslose. Erschütternde äußere Erlebnisse und seelische Verstimmungen führen zur Erstarrung. Steif benimmt sich jemand, der in der Gesellschaft ungelenk ist und nur eine konventionelle Unterhaltung führen kann. *Graphologisch:* Straffer Strich, ohne Rhythmus und Gliederung, Winkel und Arkade, eng, klein und kleiner werdender Linksrand.

Stolz: Persönliches Geltungsbedürfnis, stolz auf die eigene Leistung. Stolz verlangt Bewunderung und Anerkennung. *Graphologisch:* Größe, Höhe, übertriebene Eigenart, starke Anfangsbetonung mit Verschnörkelungen, Steilheit, Winkel, auffallende Gliederung, breite Ränder, Einrollungen und Hervorschießen in der Oberzone und in der Unterlänge.

Der *Streber* will rasch zu Ansehen und Geltung kommen. Er zeigt Eifer und Fleiß und drängt sich stets nach vorn. *Graphologisch:* Energische Züge mit guter Druckverteilung, Arkade und Winkel, Gliederung, große Anfangs- und Endbetonung, hohe Oberlängen und straffe Unterlängen.

T

Tätig heißt energisch arbeiten, beweglich sein und sich durchsetzen. *Graphologisch:* Energische Züge, straffe Strichführung, eilige, aber druckbetonte Schrift, markant in der Form und Einordnung.

Takt: Feingefühl für das Richtige und dafür, was sich gehört. Der Taktvolle achtet die Gefühle anderer, während der Taktlose darüber hinweggeht und sich selbst ins Blickfeld setzt. *Graphologisch:* Mäßiger Druck, gute Gliederung, keine auffallenden Anfangs- und Endbuchstaben,

Rhythmus, Regelmäßigkeit, weiter Zeilenrand und einfach-schlichte Formen.

Temperament: Gemütsart, Gemütsanlage, Wesensart, Art des Ablaufs seelischer Vorgänge; Erregbarkeit, Lebhaftigkeit, Munterkeit. Man sagt, »mit ihm ist das Temperament durchgegangen«. Wir kennen das cholerische, sanguinische, phlegmatische und melancholische Temperament. *Graphologisch:* Der Choleriker schreibt gespannt, große Buchstaben, druckbetont und bevorzugt die Weite. Girlanden und Eilefaden herrschen vor. Dagegen zeigen sich beim Sanguiniker die Oberlängen am stärksten ausgeprägt. Der Phlegmatiker zeigt enge Buchstaben und Zeilen, weist wenig Druck auf und bevorzugt die fallende Zeile. Auch der Melancholiker schreibt ähnlich, wird zum Wortende abfallen, drucklos sein und keine Gliederung erkennen lassen. Über die graphologischen Merkmale der einzelnen Temperamente wurde jeweils an anderer Stelle dieser Ausführungen mehr ausgesagt.

Tollkühn ist jemand, der die Gefahr nicht scheut. Diese Menschen sind verwegen und handeln ohne Rücksicht auf Verluste. *Graphologisch:* Große, ausfahrende Schriftzüge mit Betonung des Anfangs und der Oberlänge. Der Druck ist aber schwellartig und zeigt sich auch im Aufstrich. Gemischte Bindungsformen und scharfe Wortenden kennzeichnen den Tollkühnen.

Der *Träge* hat keine Lust, etwas zu tun, gefällt sich in Bequemlichkeit und Gemütsruhe. Man kann ihn mit dem Phlegmatiker (s. d.) vergleichen. *Graphologisch:* Langsame, bedächtige Schrift, verbunden, genau gesetzte Oberzeichen, größer werdender Links- und Rechtsrand, Arkaden- und Girlandenform. Man findet gelegentlich auch ungenau gesetzte i-Punkte und u-Bogen, einen schlaffen Strich und Magerkeit schlechthin.

Trotz: Widersetzlichkeit, Unfügsamkeit, Dickköpfigkeit, Eigensinn. Solche Menschen sind halsstarrig und verharren auf ihrem festgefahrenen Standpunkt. *Graphologisch:* Schwelldruck, hochgesetzte Oberzeichen, Winkel, ausfahrende, spitze Endstriche, links-schräg gesetzt und nach links gezogene Häkchen. Kurzlängen wechseln ebenso wie die Oberlängen, keine Gliederung, Unausgeglichenheit.

Tüftelig: Pedantisch mit Festhalten an Kleinigkeiten. *Graphologisch:* Enge, genaue Buchstaben und Oberzeichen, gute Druckverteilung.

U

Der *Unberechenbare* reagiert wechselnd und schwankend. Man kann sich nicht auf ihn und sein Handeln verlassen, immer ist mit unerwarteten Emotionsausbrüchen zu rechnen. Der Unberechenbare kann freundlich, leutselig, aber auch kühl und abweisend sein. *Graphologisch:* Ungegliederte Schrift, unregelmäßiger Druck, hochgesetzte Oberzeichen, Druck und Schwelldruck, eigenwillige Formen und herausfallende Größe. Aufsteigende Zeile und Wechsel zwischen großen und kleinen Mittelbuchstaben.

Ungeduldig ist der Unbeherrschte und Unruhige. *Graphologisch:* Schlecht lesbare Schrift, breiter werdender Linksrand, Winkel, schlaffer Faden, ohne Druck, Unregelmäßigkeit, ohne Rhythmus.

Unordentlichkeit: Diesem Menschen gelingt es nicht, Ordnung zu schaffen oder pünktlich zu sein. Er neigt dazu, die anerkannte Ordnung zu durchbrechen, was meist auf eine gewisse Unerzogenheit in der Jugend zurückzuführen ist. *Graphologisch:* Die Schrift hat keine Gliederung, pendelt von links nach rechts, ist mäßig druckbetont, unleserlich, ungebunden, weist heftige An- und Endstriche auf und zeigt sich in großer Längenunterschiedlichkeit.

Unwahrheit: Der Unaufrichtige ist unehrlich und hat kein natürliches Bedürfnis, die Wahrheit zu sagen. Seine Aussage stimmt mit den Tatsachen nicht überein. *Graphologisch:* Unregelmäßigkeit in Schriftlage und Größe, Weite, Fadenbildung, Einrollungen, Strichstörungen, Deckzüge, Buchstabenvertauschung, rückwärts gekrümmte Schlußarkade. Zwischen Text und Unterschrift zeigen sich beträchtliche Unterschiede.

Unzuverlässigkeit: Der Unzuverlässige arbeitet mal korrekt, dann wieder schlecht. Er ist mit seinen Gedanken nicht bei der Sache, sondern läßt sich ablenken. *Graphologisch:* Unregelmäßigkeit, Eile, Verbundenheit, ohne Druck, mit Neigung zur Völle, unleserlich, Arkade und Faden, Deckzüge, Einrollungen, ungenaue Bindungsformen.

V

Verantwortungsbewußtsein: Der Verantwortungsbewußte ist stets bereit, für seine Handlungen einzutreten. *Graphologisch:* Markante, klare Buchstaben, gute Anfangs- und Endbetonung, Oberlänge und Unterlänge stimmen überein, und die Bindungsformen sind fest; auch der Druck ist im Abstrich, und die Oberzeichen sind genau gesetzt. Die Schrift tendiert nach rechts, kann aber auch steil sein.

Verantwortungslosigkeit: Der Verantwortungslose geht über Absprachen und Vereinbarungen pflichtwidrig hinweg. Ihn kümmert es nicht, was er versprochen hat. *Graphologisch:* Keine klaren Bindungsformen, ungleichmäßige Druckverteilung, hochspringende Oberzeichen und Mittelzeichen, unrhythmisch und ohne klare Richtung.

Verführbar ist der Schwächling und Dumme. *Graphologisch:* Übermäßige Höhe und Unterlänge (Triebrichtung), unklare Bindungsformen, schlaffer Strich oder ungleicher Druck mit Schwelldruck, schwankende Richtung bei fallender Zeile.

Der *Verführer* geht raffiniert vor und versucht Bedenken zu zerstreuen. Er kann reden und überzeugen und setzt seinen Verstand (oder Unverstand) ein, um jemand oder eine Sache für sich zu gewinnen. *Graphologisch:* Starker Rechtszug mit übergroßen Oberlängen und markanten Unterlängen, meist girlanden-, aber auch arkadenbetont bei gutem Druck und Schwelldruck. Eilige, verbundene Formen bei ansteigender Zeile und starker Endbetonung, die meist linksläufig aussieht.

Vorsicht: Der Vorsichtige handelt überlegt und bedächtig. Er versucht alles genau abzuwägen, kalkuliert alle Risiken ein und prüft kritisch, ehe er zusagt und handelt. *Graphologisch:* Kleine, klare Buchstaben, meist unverbunden, ebenmäßig mit guter Anfangsbetonung und schmaler werdendem Linksrand, Arkade und Winkel, gleichmäßiger Druck, Steilheit bis Linkstendenz.

W

Waghalsig und verwegen stürzt sich der Furchtlose in jede Gefahr, um alles zu riskieren. Solche Handlungen werden durch Abenteuerlust oder Beifall ausgelöst, wobei Trieb und Gefühl anstatt Verstand und Vernunft handelnd auftreten. *Graphologisch:* Die Schrift ist druckbetont, teigig, unebenmäßig, zeigt wechselnd Höhe und Größe, eine übermäßige Anfangsbetonung mit einem größer werdenden Linksrand, verzierte und bereicherte Formen sowie wechselnde Lage mit einer aufsteigenden Linienführung.

Wahrhaftig und aufrichtig: Wahrheitsliebend ist der Mensch, dem es tiefstes Bedürfnis zu sein scheint, sich echt und korrekt zu geben. Er ist verläßlich und verantwortungsvoll mit der Bereitschaft, Konsequenzen aus seinen Handlungen zu tragen. *Graphologisch:* Korrekte Buchstabenformen und Interpunktionen, gerade Linie, mehr Winkel als Girlande, eine vereinfachte Schrift, gleichmäßig im Druck und in der Lage, geöffnete a-, b-, d- und o-Buchstaben. Alles macht einen schlichten, aber festen Eindruck, zumal t-Querstriche und Oberzeichen nicht zu hoch gesetzt sind.

Das *Wesentliche* erkennen, heißt das Unwesentliche sehen und sich auf das Wesentliche ausrichten. *Graphologisch:* Feste Grundformen, Schriftvereinfachung, gute Leserlichkeit, gewandte Bindungsformen, Eile, Magerkeit, Gliederung.

Wütend wird am schnellsten der Choleriker, wenn sein Gefühl verletzt wird. Er kann Zorn und Ärger nicht verdauen, sondern muß sich gehenlassen. Einer kann durch den Wutausbruch wieder zur Vernunft zurückkehren, ein anderer kann die Wut in sich hineinfressen. *Graphologisch:* Auffallende Anfangs- und Endbetonung mit dolchartigen und rückwärts gekrümmten Zeichen, Unebenmäßigkeit, wechselnde Lage, ungleicher Druck entweder in der Ober- oder Unterlänge oder im Mittelband. Entsprechend danach kann sich die Wut entladen. Oben: Verstand; unten: Trieb; Mitte: Gefühl.

X

Ein X für ein U machen nennt man, wenn jemand jemandem etwas vormachen will, also bewußt lügt. *Graphologisch:* Unaufrichtigkeitsmerkmale wie Einrollungen, Deckzug, gestützte Nebenrichtung, Arkade und Faden, Spiralenzüge, Zeilenverstrickung, Buchstabenverstümmelung.

Xanthippe nennt man ein zänkisches Weib, dem Ausgleich, Geduld und Harmonie fehlen. *Graphologisch:* Ausfahrende Züge, übermäßige Schriftgröße mit maskuliner Betonung, Druck, Steilheit und Rechtstendenz, Unebenmäßigkeit, ohne Gliederung, starke Unterlängenbetonung und Bereicherung der Einzelform und des Wortes.

X-beliebig oder gleichgültig, wechselvoll handelt jemand, der keine klare Zielsetzung hat. *Graphologisch:* Mischformen, ungleiche Höhe, Größe und Lage; auf- und abfallende Zeile; mißglückte Formen, hochgesetzte Querstriche, weiter Zeilenabstand; demonstrative Unterschrift, die von der Textschrift abweicht.

Z

Zähigkeit setzt Widerstandskraft und willensmäßige Anstrengung voraus. Der Zähe kann allen körperlichen und seelischen Einwirkungen starken Widerstand entgegensetzen. Durch eine seelische Selbstüberwindung wächst die Kraft zur großen Tat. *Graphologisch:* Regelmäßigkeit, Rhythmus, Druck, Winkel und Arkade mit Häkchen am Wortende, scharfer Strich; schmaler Linksrand, der gerade verläuft, straffe Oberlänge, markante Unterlänge, Steilheit bis Rechtstendenz.

Zerfahrenheit: Mangel an Ordnung im Denken und Handeln; daraus resultiert die Inkonsequenz des richtigen Tuns. Der Zerfahrene ist unaufmerksam, nervös, aber auch gleichgültig und sorglos. *Graphologisch:* Fahriger, hastiger Strich, Versteifung, unklare Gliederung; eigenwillige Anfangs- und Endbetonung, ungenaue Oberzeichensetzung, gemischte bis verwaschene Bindungsformen, an- und abschwellender Druck, Strichunterbrechungen, ungleicher Zeilenabstand.

Zuverlässig und ehrlich ist jemand, auf den man sich verlassen kann. Er wird seine Aufträge nach bestem Wissen und Können ausführen, pünktlich, treu und ehrlich sein. *Graphologisch:* Regelmäßige, rhythmische Formen, gute Gliederung, mehr vereinfachte als bereicherte Buchstaben, mittlere Größe und Höhe, durchgehend guter Druck, oft mager, und Übereinstimmung zwischen Textschrift und Unterschrift.

Zwiespältig und schwankend ist der komplizierte Mensch, der mit halbem Herzen bei der Sache ist und sich einmal verstandesmäßig, dann wieder gefühlsbetont entscheidet. Er schwankt zwischen Verstand und Trieb und bleibt meist in der »Ambivalenz der Gefühle« (Oppenheim) stecken. *Graphologisch:* Drucklose, magere Schrift, fallende Zeile, Enge, Steilheit und Tendenz zur Linksschrägheit, Lücken im Schriftbild, Unebenmäßigkeit, übertriebene Eigenart (Donig), plötzlich herausschießende Oberlängen und schmierige Unterlängen.

Erläuterung der Schriftmerkmale

Nachdem wir nun die Charaktereigenschaften von A bis Z in ihrer Bedeutung und auch unter »Graphologisch« die Schriftmerkmale kennengelernt haben, weisen wir nachstehend auf den Sinn dieser Merkmale hin. Es gibt Raum-, Form-, Bewegungs- und Ordnungsmerkmale.

Raummerkmale: Zu diesen zählen Höhe, Lage, Breite, Richtungscharakter, Längeneinteilung, Längenunterschiede, Anfangs- und Endbetonung, Oberzeichen. Unter *Schrifthöhe* wird das Verhältnis der Kurzlängen (Mittelband) zu den Oberlängen und Unterlängen verstanden. Das Verhältnis der Grundstriche zur Zeilenrichtung bzw. Zeile bestimmt die *Schriftlage.*
Schriftbreite kennzeichnet das Verhältnis der Basisbreite des n oder m zur Grundstrichhöhe. Das Verhältnis der Rechts- und Linksläufigkeit zueinander nennt man den *Richtungscharakter.*
Unter *Längeneinteilung* verstehen wir die wechselseitige Beziehung der Oberlängen zu den Unterlängen. Das Verhältnis der Langlängen zu den Kurzbuchstaben bestimmt die *Längenunterschiedlichkeit,* wobei für die Lateinschrift das Verhältnis 3:2:1 angenommen wird. *Anfangsbetonung* bedeutet, wenn der oder die ersten Buchstaben auffällig betont sind. In der *Endbetonung* (Größerwerden der Schlußbuchstaben) zeigt sich das persönliche Durchsetzungsvermögen. Die i-Punkte, u-Bogen, ä-, ö-, ü-Striche, t-Querstriche und alle Überstreichungen rechnet man zu den *Oberzeichen.*

Formmerkmale: Zu diesen gehören Bindungsformen, Verbundenheit und Verknüpfung, Bereicherung und Vereinfachung, Völle oder Magerkeit und Federstrich. Folgende *Bindungsformen* gibt es: Winkel, Arkade und Girlande, außerdem die Fadenform. *Verbundenheit* und *Verknüpfung* können übereinstimmen. Mit zunehmender Schreibgeschwindigkeit wächst die Verbundenheit. Die *Fülle* und *Bereicherung* der Schrift ist das Kennzeichen für die stärkere Erlebnisfähigkeit. Eine Schrift kann vereinfacht oder bereichert, ja sogar ausgeschmückt sein und häßliche bzw. überflüssige Einfügungen enthalten. *Völle* nennt man auch Flächigkeit, während *Magerkeit* einen Zug zur Vereinfachung und Vernachlässigung enthält. Der *Federstrich* ist vom Druck unabhängig und entsteht durch die mehr spitze oder mehr breite Feder.

Bewegungsmerkmale: Zu diesen zählen Größe, Druck, Weite, Eile, Strichbildung, Strichführung, Verbundenheitsgrad. Die *Schriftgröße* wird nach der mittleren Grundstrichlänge der Kurzbuchstaben, wie kleines n, u, m, a, o bestimmt. *Druck* ist der Ausdruck des Kraftmaßes und der Vitalität; dadurch wird die Spannkraft und Willenskraft eines Menschen ausgedrückt. Bei einer *weiten* Schrift sind die Buchstabenabstände weit, und wenn sie eng aneinandergedrückt sind, kennzeichnet dies eine *enge* Schrift. Man kann ganz allgemein nur die relative *Eile* feststellen und erkennen, ob die Schrift schneller oder langsamer geschrieben wurde. Kennzeichen der Eile sind zügige, fließende, schlanke, verbundene Strichführung, gleichmäßiger Wechsel von Grundstrich und Haarstrich sowie Verkürzung des Schreibweges. *Langsamkeit* läßt sich durch stockende, völlige, verbundene Strichführung mit Schwellzügen und Verbesserungen ermitteln. Die *Strichbildung* hängt von der Federhaltung ab und ist nicht das Erzeugnis der Druckstärke. Erstmals wurde der Begriff der *Strichführung* von Dr. Wittlich behandelt. Er versteht darunter einen besonderen Bewegungscharakter, der in den einzelnen Schriftzügen in Erscheinung tritt. *Verbundenheitsgrad* heißt, daß eine Schrift verbunden ist, wenn mehr als fünf Buchstaben in einem Zuge geschrieben wurden. Wenn weniger als drei Buchstaben in einem Zug entstehen, dann ist die Schrift *unverbunden.*

Ordnungsmerkmale: Zu diesen zählen Gliederung, Zeilenrichtung, Gleichförmigkeit, Bindung und Lösung, Ebenmaß, Randbehandlung. Das selbstbehauptende Streben eines Menschen kann in der *Gliederung* erkannt werden. Während sich im *Zeilenabstand* das Verhältnis des Schreibers zur Umwelt zeigt, erkennen wir in der *Zeilenrichtung* die allgemeine Stimmungslage des Schreibers. Bei der *steigenden Zeile* erkennen wir Mut, Ehrgeiz, Strebsamkeit und Unternehmungslust, dagegen bei der *fallenden Zeile* Niedergeschlagenheit. Die waagerecht verlaufende Zeile kennzeichnet Beständigkeit. Wenn die Schriften über die *Gleichförmigkeit* hinausgehen, zeigen sie Erstarrung und Gewissenssturheit. Mit zunehmender Schreibgeschwindigkeit erhöht sich die Verbundenheit, auch *Bindung* genannt. Die *Unverbundenheit* oder *Lösung* wird nicht nach den Lücken allein ermittelt, sondern nach ihrem Bewegungsgrad in Richtung Rhythmus. Das *Ebenmaß* trägt zum guten Gesamteindruck bei. Die *Randbehandlung* gehört zur Gliederung. Der breite *Linksrand* deutet auf ästhetisches Gefühl und Sorglosigkeit, während der schmale Linksrand Sparsamkeit und Gleichgültigkeit anzeigt. Wird der Linksrand breiter, so verrät dies sanguinisches Temperament und Lebhaftigkeit. Bei schmaler werdendem Linksrand zeigt sich Neigung zur Vorsicht, Mißtrauen und Berechnung. Der *Rechtsrand* ist im allgemeinen aus bewegungsphysiologischen Gründen meist ungleichmäßig, kann aber über eine gewisse Norm hinausgehen und mangelndes Einteilungsvermögen anzeigen. Wenn der Rechtsrand unausgenutzt bleibt, dann kann auf mangelnden ökonomischen Sinn geschlossen werden.

Die ausführliche Erläuterung dieser Schriftmerkmale mit Schriftbeispielen und Tabellen folgt auf den nächsten Seiten dieses Handbuches.

Die Schriftmerkmale in Wort und Bild

Nach einer allgemeinen Übersicht über die Schriftmerkmale bringen wir nachstehend eine Erläuterung über die Einzelheiten dieser Merkmale. Bekanntlich steckt im Detail der Teufel. Anders ausgedrückt ist aus den Einzelformen eine genaue Klassifizierung der Charakterzüge möglich. Anhand von Schriftbeispielen lassen sich die Schriftmerkmale besser einprägen. In der Graphologie achtet man auf die Neigung der Schrift: nach rechts oder links, aber auch nach dem Streben nach oben oder unten. Die Graphologin Geneviève Bouillon hat darüber folgende These aufgestellt:
»Die Handschrift, das Schreiben, ist eine Handlung. Wie jeder menschliche Akt, setzt er sich aus bewußten und unbewußten Bewegungen und Faktoren zusammen. Der Symbolismus des Weltraums ist eng verbunden mit dem unbeschriebenen Blatt Papier, auf das der Schreiber seine Feder setzt, und das für ihn in gewisser Weise den Weltraum darstellt. Die Art und Weise, wie er sich zu diesem Blatt stellt, zeigt, wie er die äußere Welt erfaßt. Von jeher hat die Linke das passive und weibliche Prinzip, die Rechte das aktive Prinzip verkörpert. Interessant ist auch die Feststellung, daß die Schreibweise von links nach rechts, die uns geläufig ist, mit der Entwicklung der Menschheit verbunden zu sein scheint. Allerdings gibt es auch hohe Kulturen, die sich der Schrift von rechts nach links bedienen, wie die Araber und Hebräer.«
Nachstehend werden die Schriftmerkmale in ihren Einzelheiten vorgestellt. Bei der graphologischen Methode ist noch die Doppeldeutigkeit zu beachten: Eine Schrift kann

entweder klein oder groß, eng oder weit, schräg oder steil sein. Charakterologisch heißt das: Man kann etwas aus Antrieb tun oder aus einer Hemmung unterlassen. Das erste Beispiel kennzeichnet eine Kraft, die im zweiten Fall fehlt. Wir bezeichnen dies mit positiv und plus oder mit negativ und minus. Für unsere kurze Betrachtung mögen diese Hinweise genügen.

Zu den Raummerkmalen
(siehe auch Schriftproben ab Seite 88)

1. *Höhe der Schrift*

Unter Schrifthöhe wird das Verhältnis der Kurzlängen (Mittelband) zu den Oberlängen und Unterlängen verstanden. Sobald die Oberlängen das Mittelband überragen, wirkt die Schrift hoch. Wenn dagegen die Kurzbuchstaben von den Oberlängen bedeutend überragt werden, nennen wir die Schrift niedrig. Höhe deutet auf Selbstbewußtsein, Selbstgefühl, Geltungsstreben. Eine hohe Schrift zeigt Abb. 1, während wir in Abb. 2 eine niedrigere Schrift sehen. Sie ist ein Merkmal für Besonnenheit und Konzentriertheit, aber das hängt auch von der Regelmäßigkeit und vom Vergleich zu den anderen Schriftmerkmalen ab. Ein Merkmal allein ist noch kein gültiger Hinweis auf eine bestimmte Charaktereigenschaft.

2. *Lage der Schrift*

Das Verhältnis der Grundstriche zur Zeilenrichtung bestimmt die Schriftlage. Im allgemeinen unterscheidet man schräge, steile und linksschräge Schriften. Der Graphologische Winkel (Abb. 3) veranschaulicht diese These (s. Seite 87). Es gibt auch den wechselnden Neigungswinkel. Steilheit ist ein Zeichen für kühle Überlegenheit und Besonnenheit. Im Rechts liegt die Neigung zum Mitmenschen, während die links-schräge Schrift ein Zeichen von Reserve ist. Wenn die Wortenden schräger werden, spricht man von einem Sichgehenlassen, während steiler werdende Wortenden selbst bei Zutrauen zur Sache Vorsicht ausdrücken. Sind die Kurzlängen steiler als die Langlängen, so deutet dies die seelische Neigung zur Umwelt an.

3. *Schriftbreite*

Das Verhältnis zur Basisbreite des n oder m zur Grundstrichhöhe kennzeichnet die Schriftbreite. Man nennt eine Schrift breit, wenn die Basisbreite größer als die Grundstrichhöhe ist. Die Breitenwirkung wird außerdem erzielt, wenn der Buchstabenabstand geringer ist, als man nach der Buchstabenbreite annehmen müßte. Sie wirkt schmal, wenn der Buchstabenabstand größer ist, als dies die Buchstabenbreite erfordert. In der Enge liegt die Selbstbeherrschung, während durch die Weite Beweglichkeit und Eifer, im übertriebenen Maße Zügellosigkeit, angedeutet wird (Abb. 4 Breite und Abb. 5 Enge).

4. Richtungscharakter

Das Verhältnis der Rechts- und Linksläufigkeit zueinander nennt man den Richtungscharakter. Daraus ist die größere Neigung der nach rechts oder links führenden Schreibbewegung zu erkennen. Da die Schrift im allgemeinen der rechtsgerichteten Bewegung entspricht, so kann von Rechtsläufigkeit nur dann die Rede sein, wenn der Rechtszug besonders auffällt. In der Rechtsläufigkeit (Abb. 6) ist das Streben zur Umwelt und Gesellschaft, im negativen Sinne auch zur Oberflächlichkeit angedeutet. Abb. 7 zeigt uns das Beispiel für eine linksläufige Schrift. Linksläufig schreibt, wer Schriftzüge nach links bevorzugt und abbiegt.

5. Längeneinteilung

Wir verstehen darunter die wechselseitige Beziehung der Oberlängen zu den Unterlängen und unterscheiden, ob die Oberlänge oder Unterlänge größer ist. Die Oberlänge deutet die geistigen, die Mittellage (Mittelband) die seelisch-gefühlsmäßigen und die Unterlänge die materiell-körperlich-erotischen Interessen an (Abb. 8).

6. Längenunterschiede

Das Verhältnis der Langlängen zu den Kurzbuchstaben bestimmt die Längenunterschiedlichkeit, wobei für die Lateinschrift das Verhältnis 3:2:1 angenommen wird. Wenn die Kurzlängen weniger als ein Viertel der Langlängen ausmachen, ist die Schrift stark unterschiedlich, wohingegen sie weniger längenunterschiedlich genannt wird, wenn die Kurzlängen höher als ein Drittel der Langlängen sind.

7. *Anfangsbetonung*

Wenn die Anfangsbuchstaben besonders auffällig betont sind, so spricht man von einer Anfangsbetonung (Abb. 9). Damit wird das Bedürfnis nach persönlicher Geltung ausgedrückt. Geringe Anfangsbetonung (Abb. 10) ist das Zeichen für Einfachheit oder mangelndes Selbstvertrauen.

8. *Endbetonung*

In der Endbetonung zeigt sich das persönliche Durchsetzungsvermögen. In den festen Endstrichen erkennt man den starken Willen zum Durchhalten, der bis zur Rücksichtslosigkeit führen kann. Ist die Endbetonung schwach, zeigt sich darin Sparsamkeit, aber auch mehr Anpassung an die Umwelt. Abb. 11 zeigt starke und Abb. 12 schwache Endbetonung.

9. *Oberzeichen*

Die i-Punkte, u-Bogen, ü-Striche, t-Querstriche und alle Überstreichungen rechnet man zu den Oberzeichen, die nach Bewegung, Form, Druck und Raum verschieden sein können. Die Bedeutung dieser Oberzeichen ist zu den entsprechenden Merkmalen zu zählen. Vergleiche Abb. 13 Tabelle der t-Querstriche.

Zu den Formmerkmalen
(siehe auch Schriftproben ab Seite 91)

1. *Bindungsformen*

Wir unterscheiden folgende Bindungsformen: Winkel, Arkade, Girlande und den Faden. Dann gibt es noch die stilisierte Form, den Doppelbogen und die gestützte Nebenrichtung.

Der *Winkelschreiber* liebt eckige, schroffe, energische Bewegungen und bevorzugt auch beim Schreiben die scharfkantigen Winkel, wie in Abb. 14 vorgestellt. Wer so schreibt, benimmt sich auch kantig, zumal er den Widerspruch sucht und eine Kampfnatur ist.

Positive Winkelschreiber: fest, entschlossen, beharrlich, kritisch, geradeaus.

Negative Winkelschreiber: kalt, ohne Anpassung.

Die *Arkadenschrift* ist oben gerundet und unten geöffnet. In Abb. 15 zeigen wir eine solche Schreibweise. Man kann die Arkade mit einem Dach bezeichnen, das gegen äußere Einflüsse Schutz bietet. Der Arkadenschreiber ist sehr vorsichtig und verschlossen.

Positive Arkadenschreiber: Abstand bewahrend, abwartend.

Negative Arkadenschreiber: mißtrauisch, stolz, selbstgefällig.

Die *Girlande* ist unten gewunden und hat oben offene Halbkreise, wie Abb. 16 zeigt. Man nennt die Girlandenschrift das Merkmal des Entgegenkommens, der Güte und Verständigungsbereitschaft. Tatsächlich macht die Girlande den Eindruck des Gleitenden, Weichen, Fließenden.

Positive Girlandenschreiber: verbindlich, charmant.

Negative Girlandenschreiber: leichter beeinflußbar.

Während Arkade, Winkel und Girlande klare Bindungsformen sind, verhalten sich *Faden* und *Doppelfaden* geometrisch undefinierbar. Man spricht hier von der gemischten Bindungsform. Der Faden ist das Merkmal der Eile und Vielseitigkeit, Anpassung und Vieldeutigkeit, wie Beispiel Abb. 17 zeigt.

Positive Fadenschreiber: eilig, vielseitig, gewandt, begabt.

Negative Fadenschreiber: unecht, unbestimmt, unwahr, hemmungslos.

2. *Verbundenheit und Verknüpfung*

Verbundenheit und Verknüpfung können übereinstimmen, was auf einen Ausgleich zwischen Idee und Tat deutet. Mit zunehmender Schreibgeschwindigkeit wächst die Verbundenheit, so daß dieses Merkmal in eiligen Schriften an Untersuchungswert verliert. Dagegen wird hier die Unverbundenheit aufschlußreich. Eine Schrift ist verbunden, wenn die Buchstaben keine Unterbrechung zeigen. Die Buchstaben können aber auch verknüpft sein. Abb. 18 zeigt eine verbundene, Abb. 19 eine unverbundene Schriftprobe. In der unverbundenen Schrift ist der Zug in einem Wort unterbrochen. In der Verknüpfung ist die schweifende Geisteshaltung zu erkennen, während in der Verbundenheit das logische Denken liegt.

3. *Bereicherung und Vereinfachung*

Die Bereicherung der Schrift ist das Merkmal für einen gewissen »Reichtum« geistiger und seelischer Art. Die Buchstaben sind vollschlank, die Rundungen stark ausgebuchtet, wie Beispiel 20 zeigt. Demgegenüber steht die Vereinfachung (Beispiel 21). Dieser Schreiber ist nüchtern und phantasielos.

4. *Völle und Magerkeit*

Eine völlige Schrift füllt durch die sie umschließenden Formen die Fläche aus (Abb. 22). Eine magere Schrift (Abb. 23) zeigt sich durch Linienhaftigkeit und wirkt nüchtern.

5. *Vom Federstrich*

Der Federstrich ist vom Druck unabhängig und entsteht durch die mehr oder weniger spitze Feder. Hierin äußern sich das Fingerspitzengefühl und die Farbigkeit der Schrift.

Der *feste Federstrich* kennzeichnet bei einer regelmäßigen Schrift Ursprung und Anschaulichkeit.

Der *weiche Federstrich* deutet auf Farbensinn und Sensibilität.

In einer unregelmäßigen Schrift zeigt sich Nervosität und Unruhe. Man darf den Federdruck, der in der Hauptsache vom Schreibmaterial und seiner Handhabung abhängig ist, nicht mit dem Schreibdruck, der von der schreibenden Hand herrührt und Vitalität anzeigt, verwechseln. In der Ritzung des Papiers kann man den echten Druck feststellen.

6. *Der u-Bogen*

Wie i-Punkte und t-Striche gehören auch die u-Bogen zu den Oberzeichen. Sie haben in der Graphologie nur in Verbindung mit anderen Schriftmerkmalen Bedeutung. Trotzdem können sie zu den Dominanten zählen, wenn sie besonders auffallend gestaltet sind. Allgemein gilt vom u-Bogen, daß er bei regelmäßigem Auftreten ein Merkmal der Korrektur ist und zwar in einer Schrift, die neben anderen diesbezüglichen Zeichen auch Züge von Korrektheit aufweist. Verbundene u-Bogen deuten auf Scharfsinn und Kombinationsgabe. Sind sie strichförmig gestaltet, so kann auf geistige Beweglichkeit geschlossen werden. Teigige (verschmierte) u-Bogen kennzeichnen Genußsucht und materielle Interessen. Finden wir verkrümmte und flüchtige u-Bogen, so darf dies als Merkmal der Oberflächlichkeit gewertet werden. Fliehende Oberzeichen sind Merkmale für Begeisterungsfähigkeit. Stehen sie dagegen tief, so wird auf Wirklichkeitssinn und Beobachtungsgabe zu schließen sein (Abb. 24).

Zu den Bewegungsmerkmalen (siehe auch Schriftproben ab Seite 95):

1. *Größe*

Die Schriftgröße wird nach der mittleren Grundstrichlänge der Kurzbuchstaben, wie kleines m, n, u usw., bestimmt. Dagegen messen wir die Schrifthöhe, wie unter »Raummerkmale« berichtet, nach der Größe der Langlängen. Eine Schrift ist groß, wenn das Mittelband die Höhe von 3 mm überschreitet (Abb. 25). Im umgekehrten Fall handelt es sich um eine kleine Schrift (Abb. 26). Die Größe ist das Kennzeichen für die Einstellung auf ferne Ziele und deutet Tatendrang und Begeisterungsfähigkeit an. Dagegen richtet sich die Kleinheit der Handschrift auf nahe Ziele. Eine große Schrift symbolisiert die Gefühlsseite, kann aber auch das Maß der Willensseite anzeigen, wenn Bindungsmerkmale, wie Enge, Steilheit usw., vorhanden sind. Selbstverständlich hängt die Größe einer Schrift auch vom Format des Bogens bzw. Papiers sowie vom Inhalt und von der Stimmung ab. In der großen Schrift liegt normalerweise das Selbstgefühl und Selbstbewußtsein, in negativer Form dagegen Einbildung und Anmaßung. Kleine Schrift ist das Kennzeichen für Bescheidenheit, aber auch Ängstlichkeit.

2. *Druck*

Druck ist in jedem Fall der Ausdruck des Kraftmaßes. Dadurch wird die Spannkraft und Willensenergie ausgedrückt. Eine Schrift ist druckstark, wenn die Abstriche (Grundstriche) und die geraden Aufwärtsstriche breit geworden sind durch starken Druck auf die Feder, und wenn sie wesentlich breiter als die nach oben laufenden Haarstriche sind. Man kann außerdem die Druckstärke einer Schrift auf der Rückseite eines beschriebenen Blattes feststellen.

Charakterlich zeigt sich in der Druckschrift Vitalität und Wucht eines starken Willens. Beispiel Abb. 27 zeigt Druckstärke und Abb. 28 Druckschwäche. Die Druckschwäche zeigt sich in den druckschwachen Abwärtsstrichen. Diese Schrift ist leichthin niedergeschrieben, und hier offenbart sich Feinsinn, aber auch eine gewisse Lebensschwäche.

3. *Weite*

Bei einer weiten Schrift sind die Buchstabenabstände weit. Wenn sie aber aneinandergerückt sind, kennzeichnet dies eine enge Schrift (Abb. 29 und 30).

In der Schriftweite zeigt sich der Eifer und im negativen Sinn Mangel an Selbstbeherrschung. Allerdings ist es nicht immer ganz einfach, Weite und Enge auseinanderzuhalten, da manche Stellen weit und andere eng sein können. So spricht man graphologisch von der wechselnden Weite. Hierin zeigt sich das unsichere Verhalten zur Umwelt. Bei enger werdenden Wortenden ist eine gewisse Stauung im Verhalten zur Umwelt festzustellen. Die Enge am Wortanfang deutet auf Empfindsamkeit, Weite dagegen auf Breitspurigkeit.

4. *Eile*

Man kann nur eine relative Eile in der Handschrift feststellen. Kennzeichen der Eile sind: zügige, fließende, schlanke, verbundene Strichführung, die Oberzeichen eilen voran (Abb. 31). Die Langsamkeit läßt sich durch stockende, völlig unverbundene Strichführung erkennen, und die Oberzeichen sitzen tief (Abb. 32). Das Merkmal der Eile zählt zu den intensiven Merkmalen, bei deren Vorhandensein sich Stärke und bei deren Fehlen sich Schwäche des seelischen Antriebs äußern. Bei der Willensseite äußert sich Eile als bewußtes Streben, und bei der Gefühlsseite zeigt sich innere Ansprechbarkeit.

5. *Strichbildung*

Die Strichbildung hängt von der Federhaltung ab. In ihr erkennen wir die Disziplin oder Triebstärke. Wenn der Federhalter oder Kugelschreiber flach gehalten wird, entsteht eine Schrift mit breitem Rand; sie ist teigig. Teigige Schrift zeigt uns Abb. 33, während sich Schärfe in Abb. 34 dokumentiert.

Unter *Strichführung* verstehen wir einen besonderen Bewegungsvorgang. In der gradlinigen Form zeigt sich Beständigkeit und in der bogigen Form Nachgiebigkeit.

6. *Verbundenheitsgrad*

Eine Schrift ist verbunden, wenn mehr als fünf Buchstaben in einem Zuge geschrieben werden. Wenn weniger als drei Buchstaben in einem Zuge entstanden sind, dann ist die Schrift unverbunden. In der Verbundenheit zeigt sich Kombinationsgabe, in der Unverbundenheit schwankende Überlegung und Entschlußlosigkeit.

Zu den Ordnungsmerkmalen (siehe auch Schriftproben ab Seite 96)

1. *Gliederung*

Das selbstbehauptete Streben eines Schreibers kann aus der Gliederung erkannt werden. Man versteht darunter das Verhältnis der horizontalen Komponente zur vertikalen. Eine gegliederte Schrift ist im Gegensatz zur ungegliederten bewußt gestaltet. Schriftprobe Abb. 35 zeigt eine gegliederte, Abb. 36 eine ungegliederte Art. Wenn man dazu noch die Anschrift nimmt, kann man den Grad der Gliederung noch besser erkennen. Gliederung zeigt sich in klarer Zeilen- und Worttrennung. Dazu ist auch die Randbehandlung mit zu beachten. Gliederung kennzeichnet die bewußten Triebe, da in ihr nicht die Begabung, sondern die Triebfeder sichtbar wird.

2. *Die Zeilenrichtung*

Während sich im Zeilenabstand das Verhältnis des Schreibers zur Umwelt manifestiert, erkennen wir in der Zeilenrichtung die allgemeine Stimmungslage des Schreibers. Der

Zeilenabstand zählt zur Gliederung und bezieht sich auf das Ganze der Schrift, wohingegen die Zeilenführung die seelische Stimmung erkennen läßt. Bei der steigenden Zeile ist Mut, Strebsamkeit, Ehrgeiz und Unternehmungslust festzustellen, während die fallende Zeile auf Pessimismus und Niedergeschlagenheit deutet. Die waagerecht verlaufende Zeile kennzeichnet einen Menschen mit Beständigkeit und gleichbleibender Stimmung.

3. *Gleichförmigkeit*
Wenn die Schriften über die Regelmäßigkeit hinausgehen, dann fallen sie durch eine besondere Gleichförmigkeit auf. Dies kann sich durch Buchstaben und Worte ausdrücken. Man kann aus der Gleichförmigkeit die Gesinnungsbeständigkeit ableiten. Hierbei handelt es sich um bewußte Erwerbungen, die nicht zum Gesamtbild passen. Dies weist eher auf eine intellektuelle Note hin, auf einen Charakterzug besonderer Art.

4. *Bindung und Lösung*
Bei der Feststellung des Verbundenheits-Charakters wird auch auf unsere Aussage »Verbundenheit und Verknüpfung« verwiesen. Mit zunehmender Schreibgeschwindigkeit erhöht sich die Verbundenheit, so daß sie in eiligen Schriften an Deutungswert verliert. Dagegen wird der Verbundenheitsgrad nach Stellen, die eine Fortführung schwer möglich machen, also Einbinden von Oberzeichen in den nächsten Buchstaben (Abb. 37) und Bindung an linksendende Buchstaben erhöht. Wenn sogar mehrere Buchstaben in einem Zuge geschrieben sind, erhöht dies den Verbundenheitsgrad wesentlich. Die Unverbundenheit wird nicht nach den Lücken allein ermittelt. Bindung weist auf

Logik, Überlegung, Kombination und Lösung auf Initiative und Findigkeit hin.

5. *Vom Ebenmaß*

Das Ebenmaß trägt zum guten Gesamteindruck bei. Durch das Merkmal von Bindung und Lösung wird der Begriff vom Ebenmaß verständlich. Im allgemeinen unterscheidet sich das Plus vom Minus durch Einschüsse von der anderen Seite, d. h. bei der Gebundenheit durch Einschüsse der Lösung und bei der Lösung durch solche der Gebundenheit. Je stärker der Ausgleich zwischen Bindung und Lösung ist, desto näher kommen wir zum Begriff des Ebenmaßes. In ihm drückt sich der Grad des persönlichen Gleichmutes aus. Immerhin liegt die stärkere Bedeutung als Pluszeichen auf der ebenmäßigen Seite, während Unebenmäßigkeit negativer zu bewerten ist.

6. *Die Randbehandlung*

Sobald ein junger Mensch das Schreiben erlernt hat, denkt er nicht nur an die Ausführung der Buchstaben, sondern an den Inhalt. Durch die Muskulatur von Arm, Hand und Finger mündet ein zentral gesteuerter Bewegungsfluß in die Spitze des Federhalters oder Kugelschreibers. So gesehen wird die Handschrift zur Hirnschrift. Zu den Merkmalen der Handschrift gehört auch die Randbehandlung, aber kein Merkmal ist so sehr der Mode und Gewohnheit unterworfen wie diese. Dabei spielen auch die in verschiedenen Ländern üblichen Normen eine Rolle. Generell sehen wir in der Randbehandlung die Anpassung an die Umwelt.

Der breite *Linksrand* deutet auf ästhetisches Gefühl und Sorglosigkeit, während der schmale Linksrand Sparsamkeit und Gleichmut andeutet. Wird der Linksrand breiter, so verrät dies ein sanguinisches, begeisterungsfähiges Temperament mit Lebhaftigkeit und Ungeduld. Bei schmaler werdendem Linksrand zeigt sich Neigung zur Vorsicht, Mißtrauen und Besonnenheit. Wenn überhaupt kein Linksrand vorhanden ist, deutet dies auf Engherzigkeit und Geiz.

Der *Rechtsrand* ist aus bewegungsphysiologischen Gründen nicht gleichmäßig, kann aber über eine gewisse Norm hinausgehen und deutet dann auf mangelndes Einteilungsvermögen hin. Wenn der Rechtsrand unausgenutzt bleibt, dann kann auf mangelnden ökonomischen Sinn geschlossen werden. Siehe Abb. 38 – Formen der Randbehandlung.

7. *Vom Rhythmus*

Die rhythmische Handschrift wirkt ruhiger, weniger bewegt und ist meist mehr gestaltet. Im Gegensatz zur Gliederung weist die Gestaltung Lösungseinschüsse auf. Rhythmus bedeutet gleichmäßiges Fließen. Regelmäßigkeit ohne Starre gibt Bewegtheit in bestimmten Intervallen. Rhythmus wird ermittelt durch periodisch-harmonische Bewegungs- und Größengestaltung, Schreibgewandtheit und gleichbleibende Zwischenräume zwischen Buchstaben, Wörtern und Zeilen. Rhythmusmangel wird ermittelt durch Winkel, Steilheit, mittlere Druckstärke, gleichbleibenden Druck, mäßige Schreibgeschwindigkeit, mehr Bindung als Lösung und schlanke Formen. Eine rhythmische Schriftprobe zeigt Abb. 39, und Rhythmusmangel zeigt sich in Abb. 40.

Arbeiten mit dem Graphologischen Winkel

In unseren Ausführungen über die Theorie und Praxis der Graphologie haben wir wiederholt darauf hingewiesen, daß das Arbeiten mit Schriftmerkmalen unerläßlich ist, wenn man zu positiven Ergebnissen gelangen will. Wenn auch das einzelne Zeichen beachtet werden muß, so bekommt es doch erst wirkliche Bedeutung im Rahmen der Gesamtschau. Durch die Aufgliederung wird erst System in die Schriftdeutung gebracht, die zur Ermittlung des Charakters führt.

Die Handschrift im Raum ist raumsymbolisch Ausdruck für unser Verhalten. Je nachdem, ob das OBEN, die Oberzone, oder das UNTEN, die Unterzone, dominiert, stellen wir fest, ob der Schrifturheber nach »oben« gezogen wird, sich für geistige Fragen interessiert, oder sich nach »unten« ziehen läßt und dem Materiell-Triebhaften erliegt. Oben liegt das Geistige, unten das Real-Wirkliche, in der Mitte, im Mittelband, das Seelisch-Gefühlsmäßige, das Gemüt.

Aber auch das Links = die Vergangenheit, und das Rechts = die Zukunft, spielen eine große Rolle. Wir schreiben normalerweise von uns aus in rechter Richtung, also vom ICH zum DU. Wir schreiben aber auch von oben nach unten. Wo nun das Übergewicht, da drückt sich das mehr geistige oder vorwiegend materielle Denken aus. Ebenso kann das Mittelband = die Kleinbuchstaben, dominieren, wodurch das gemüthafte Wesen ausgedrückt wird. Die Schriftlage, rechts- oder links-schräg, oder steil, ist ebenfalls für das Benehmen und Verhalten eines Menschen ausschlaggebend. Zum besseren Verständnis haben wir in

Abb. 3 den Graphologischen Winkel vorgestellt, der als ein Beispiel für die graphologische Theorie angesehen werden kann.

Zum Schluß wird noch auf die *Tabelle der Sonderheitsmerkmale* (Abb. 41, Seite 129) und *Tabelle der Unaufrichtigkeitsmerkmale* (Abb. 42) hingewiesen (s. Seite 144 und folgende).

Eine Erinnerung an das jetzt gültige *Schulalphabet* vermittelt uns Abb. 43 (Seite 151). Das Bestreben, mit der Handschrift unser Ich zu vervollkommnen, sollte Ansporn sein, sich im Schreiben zu üben. Nur so wird die Schrift zu einem Ausdruck des Charakters und der Persönlichkeit.

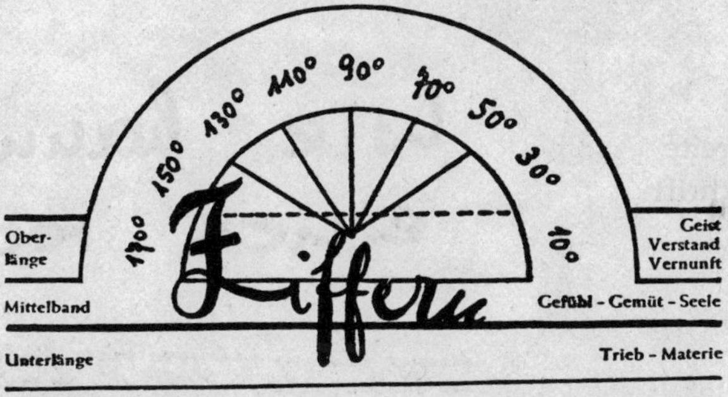

Schriftlage	50°	rechtsschräg	=	natürlich, ungezwungen, aktiv
"	70°			
"	90°	steil	=	Ruhe, Zurückhaltung
"	110°	linksschräg	=	unnatürlich, gehemmt, passiv
"	130°			
"	150°			

Abb. 3 Graphologischer Winkel

Schriftproben zu den Merkmalen

Raummerkmale

1. hohe Schrift

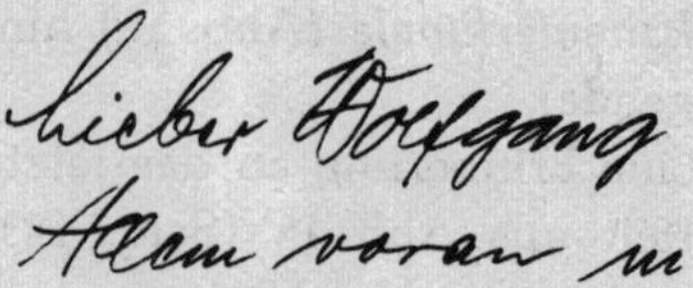

2. niedrige Schrift

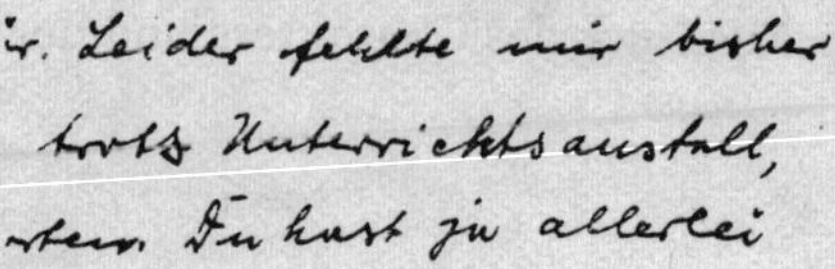

4. breite Schrift

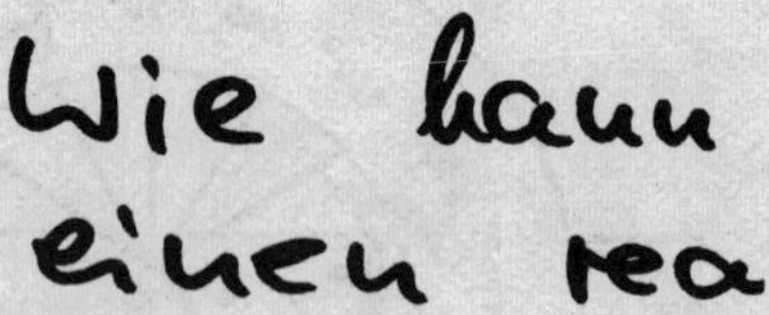

5. enge Schrift

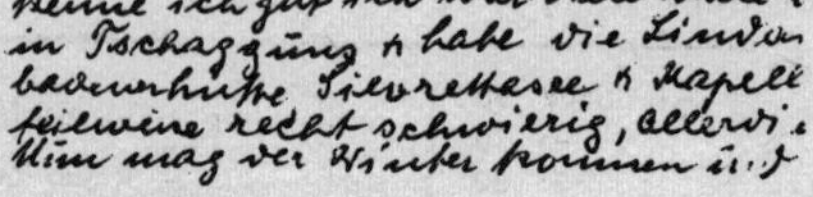

6. rechtsläufig

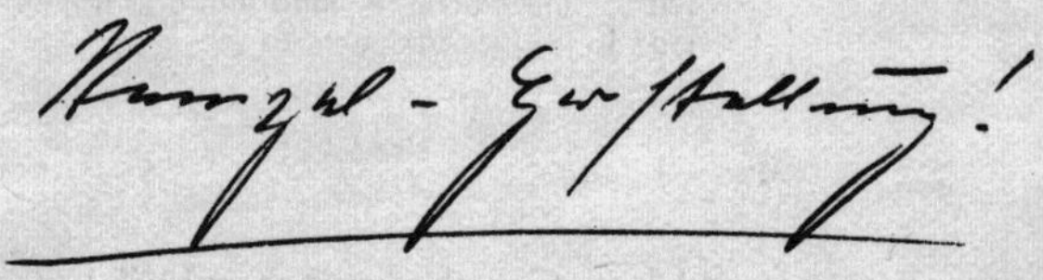

7. linksläufig

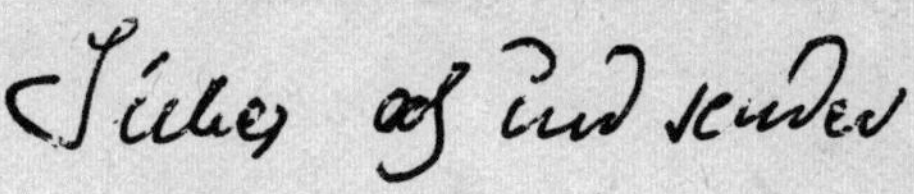

8. Längen-
einteilung

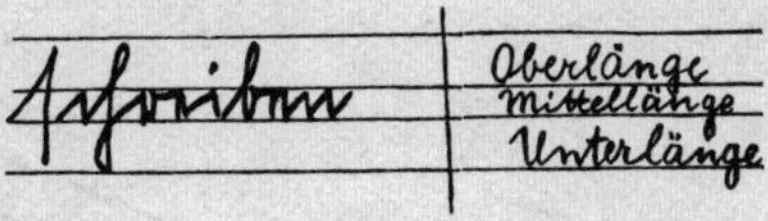

9. starke
Anfangs-
betonung

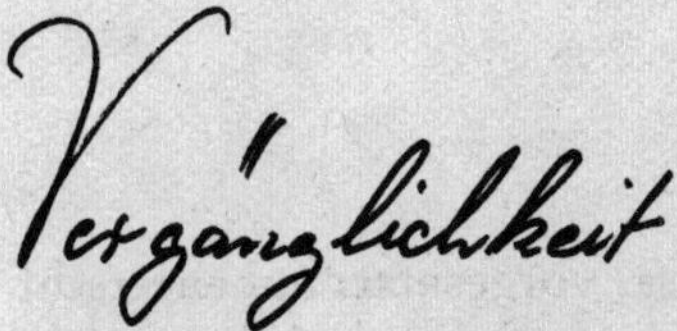

10. geringe
Anfangs-
betonung

11. starke
End-
betonung

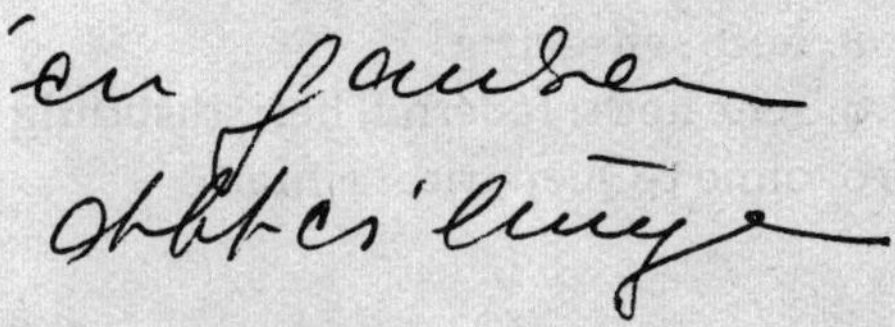

12. schwache
End-
betonung

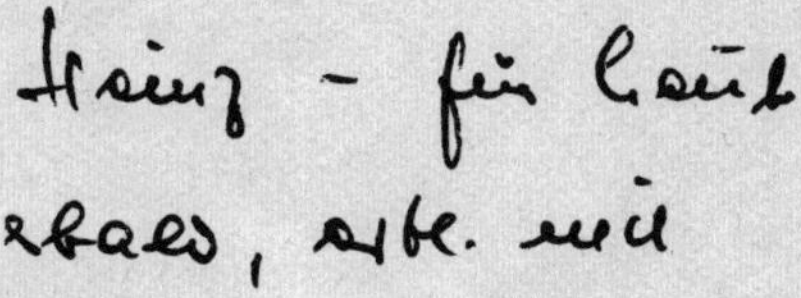

13. Tabelle der t-Querstriche

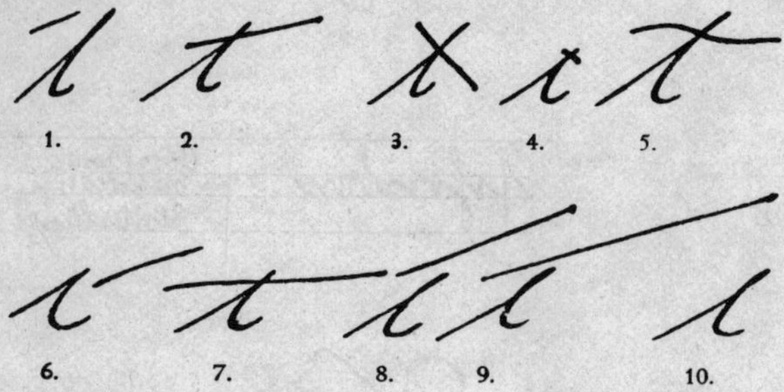

1. vorgesetzt: unbeherrscht
2. steigend: rechthaberisch
3. stark fallend: brutal
4. druckstark und kurz: herrischer Wille
5. gewunden: gewandt
6. nachgesetzt: begeistert
7. lang: lebhaft
8. hoch: ehrgeizig
9. sehr hoch: federnd, herrschsüchtig
10. ohne t-Querstrich: einfach.

Formmerkmale

14. Winkel

15. Arkade

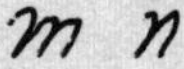

16. Girlande

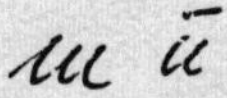

17. Faden

18. verbunden

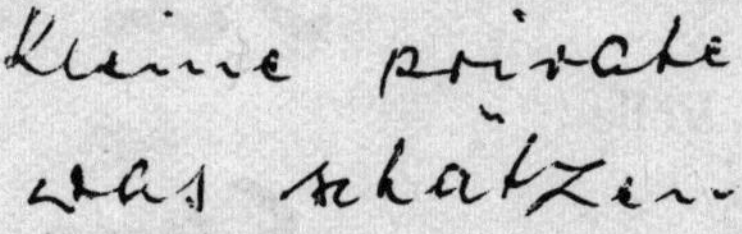

19. un-verbunden

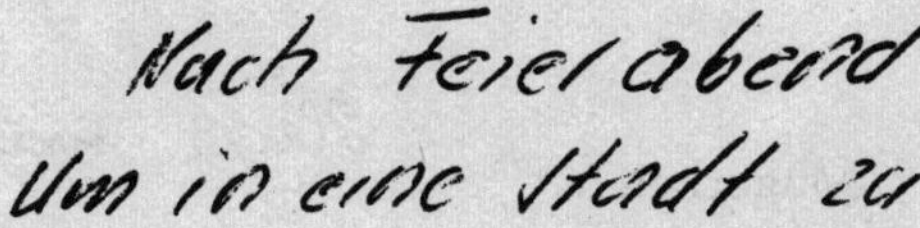

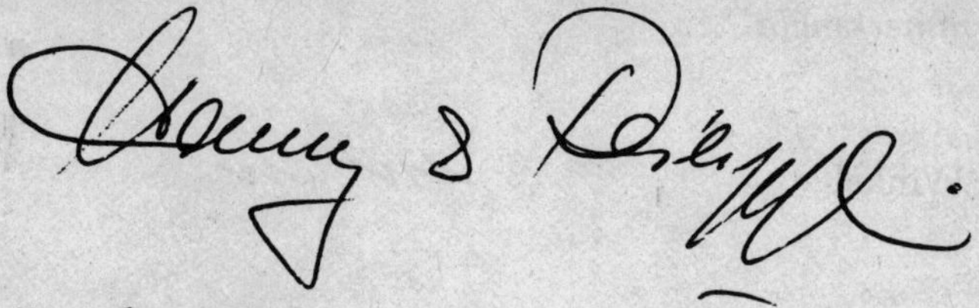

20. Bereicherung

21. Ver-
einfachung

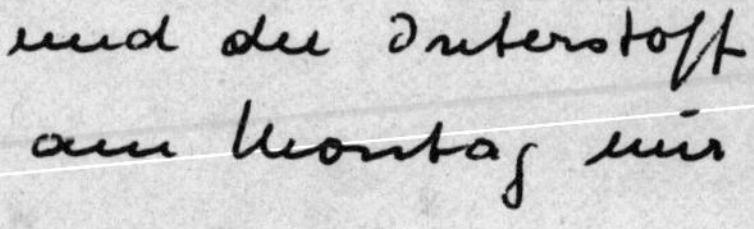

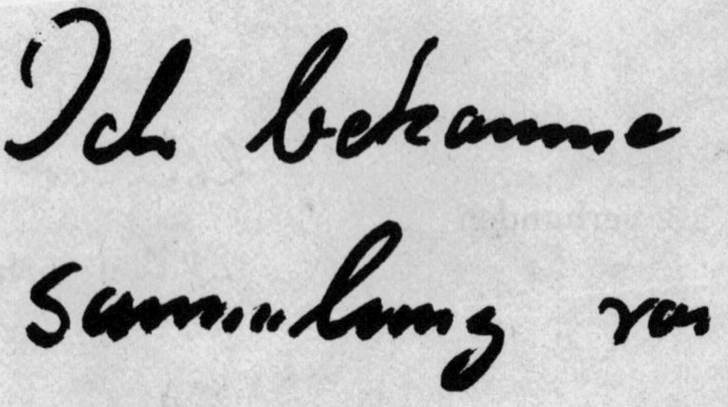

22. Völle

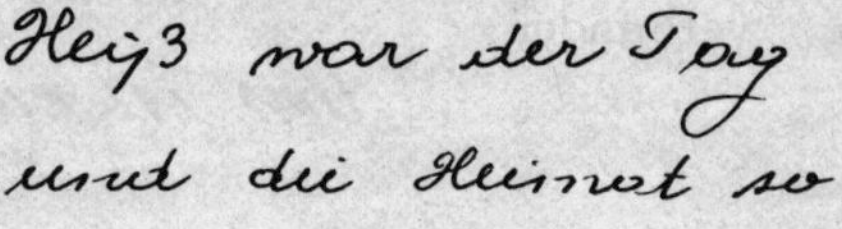

23. Magerkeit

24. Tabelle der u-Bogen

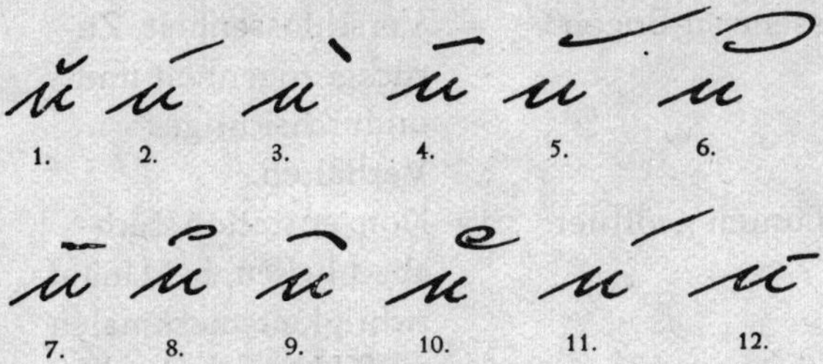

1. Gebogener u-Bogen = Anpassungsfähigkeit, Biegsamkeit, Kontaktfähigkeit und Neigung zur Umwelt.
2. Aufsteigender u-Bogen = Begeisterungsvermögen und Eifer.
3. Absteigender u-Bogen = Pessimismus und mangelndes Selbstvertrauen.
4. Waagerechter u-Bogen = Domination. Der Schreiber besitzt die Fähigkeit, andere Menschen seinem Willen unterzuordnen.
5. u-Bogen rechtsläufig = Altruismus, Hilfsbereitschaft, Kameradschaftlichkeit und Entgegenkommen.
6. u-Bogen linksläufig = Egoismus. Der Schreiber weiß überall seine Interessen wahrzunehmen.

7. Spitz auslaufender u-Bogen	=	Verteidigungsbereitschaft, aber auch Angriffsneigung.
8. Geschlossener u-Bogen	=	Verschlossenheit, Zurückgezogenheit und undurchsichtiges Verhalten.
9. u-Bogen unten geöffnet	=	Konzentration, Sichabschließen, bei Unaufrichtigkeitsmerkmalen auch Heuchelei und Lüge.
10. Unförmiger u-Bogen	=	hochgesetzt deutet dies auf Energie, tiefgesetzt auf Sachlichkeit und manuelle Begabung.
11. u-Bogen hoch und flüchtig	=	empfindsam, anspruchsvoll.
12. u-Bogen tief und flüchtig	=	empfindlich, leicht kränkbar.

Diese, wie die anderen Tabellen, sind dem Buch »Was die Handschrift offenbart« von P. H. Richter entnommen.

25. große Schrift

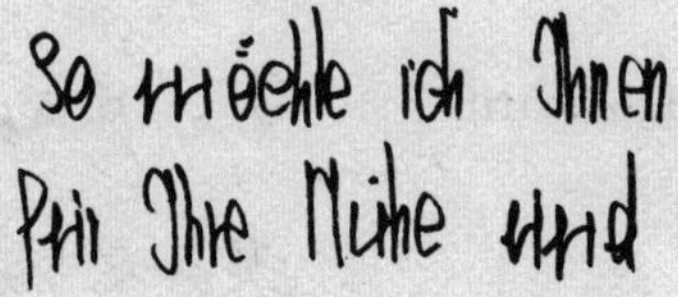

26. kleine Schrift

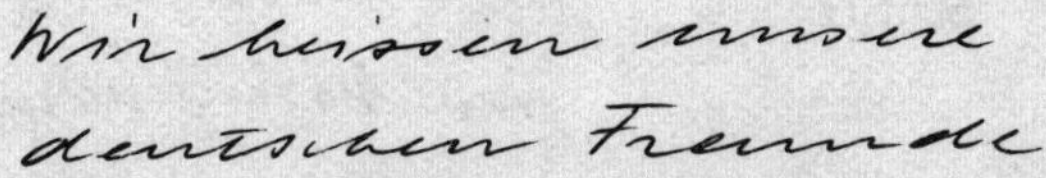

27. Druckstärke

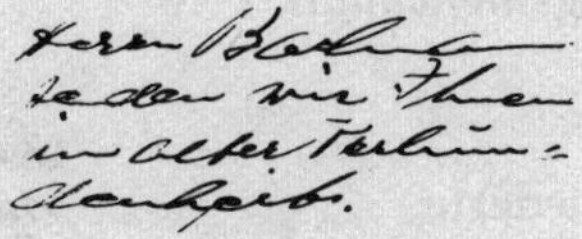

28. Druckschwäche

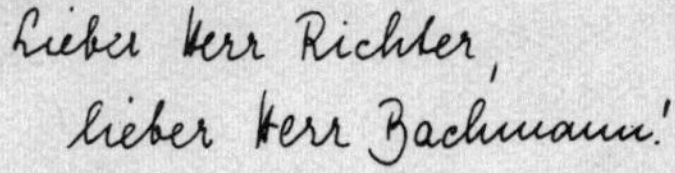

29. weite Schrift

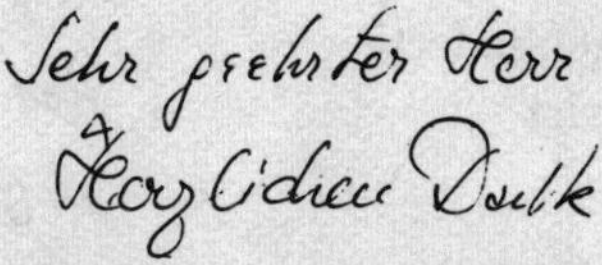

30. enge Schrift

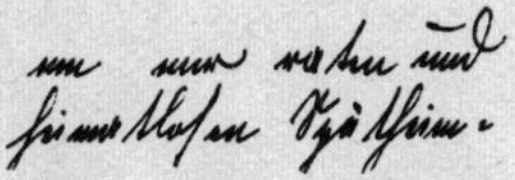

31. eilige Schrift

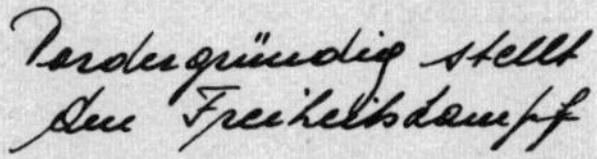

32. Langsamkeit

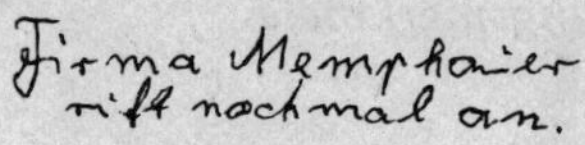

33. teigige Schrift

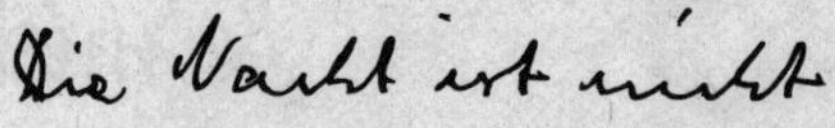

34. Schärfe in der Schrift

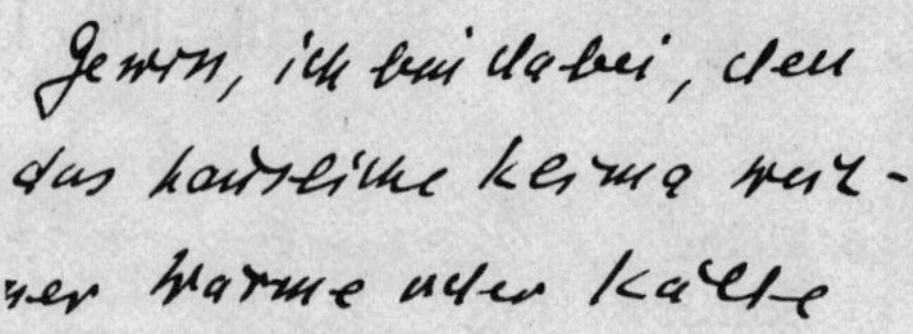

Ordnungsmerkmale

35. gegliederte Schrift

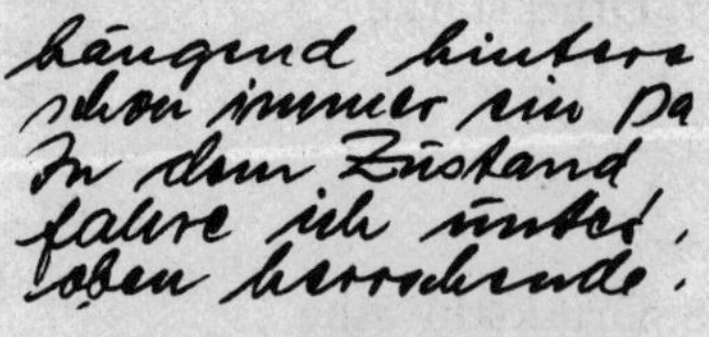

36. ungegliederte Schrift

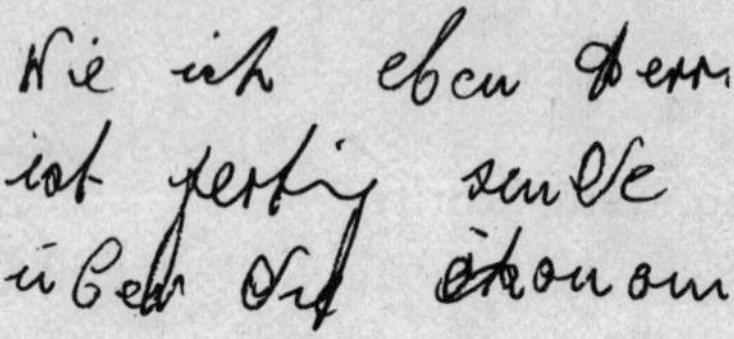

37. Einbinden der Oberzeichen

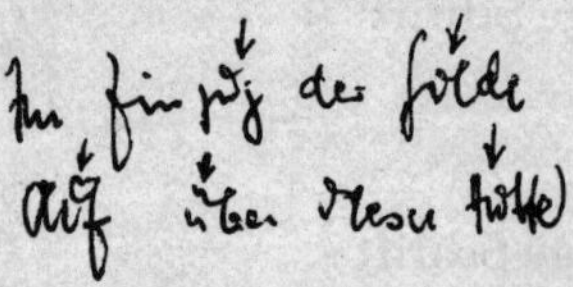

38. Formen der Randbehandlung

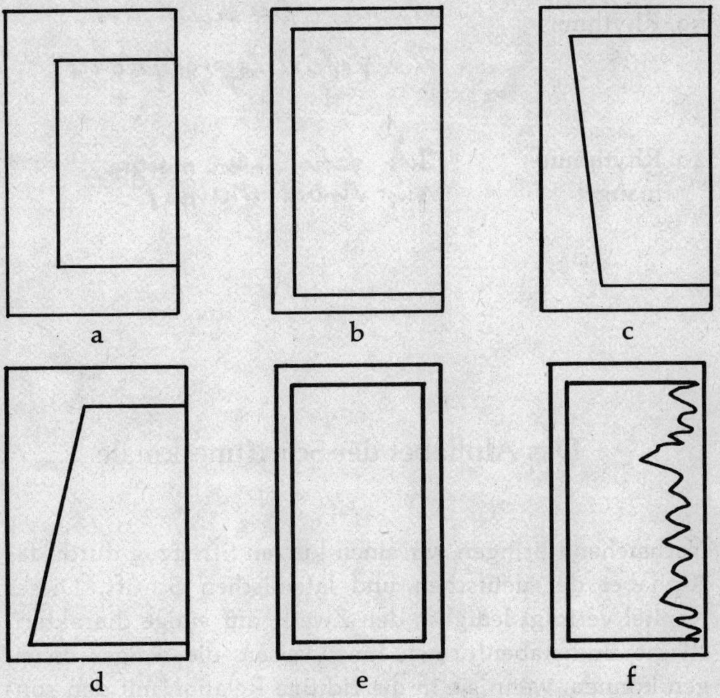

a. breiter Linksrand: Sorglosigkeit und Ästhetik
b. schmaler Linksrand: Sparsamkeit, Gleichgültigkeit
c. breiter werdender Linksrand: Ungeduld, Großzügigkeit
d. schmaler werdender Linksrand: Vorsicht, Mißtrauen
e. fehlender Rand: Engherzigkeit, Geiz
f. ungleichmäßiger Rechtsrand: Ohne Einteilungsvermögen. Schreiber tastet die Umwelt ab.

39. Rhythmus

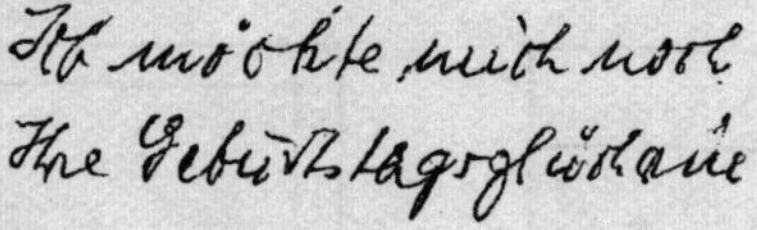

40. Rhythmusmangel

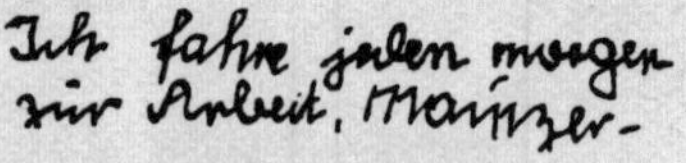

Das Alphabet der Schriftmerkmale

Nachstehend bringen wir einen kurzen Streifzug durch das Alphabet der deutschen und lateinischen Schrift. Dieses Kapitel verfolgt lediglich den Zweck, auf einige charakteristische Buchstabenformen hinzuweisen, die einiges anzeigen können, wenn sie in die richtige Relation mit den sonstigen graphologischen Schriftmerkmalen gebracht werden. Außerdem sind mit unseren Schriftbeispielen beileibe nicht alle Schriftformen angedeutet, da jeder Mensch anders schreibt. Es sollten lediglich einige prägnante Formen als Beispiele für ganz bestimmte Eigentümlichkeiten angeführt werden, die den »Schriftdeuter« bei Feststellung einer Eigenart in eine eindeutige Richtung weisen. Aber allein aus einem Zeichen und einer Bedeutung auf ganz bestimmte Eigentümlichkeiten des Schreibers zu schließen, wäre verfehlt.

Wir haben in unserem kleinen graphologischen Handbuch das Abc der Charaktereigenschaften behandelt und eine Erläuterung der Schriftmerkmale ermöglicht, wobei auf ganz bestimmte Schrifteigenarten hingewiesen wurde. Gewissermaßen als Gedächtnisstütze sollen nun unsere Buchstabenformen dienen, die uns spezifisch erscheinen. Dieses Alphabet der Schriftmerkmale soll uns ermöglichen, Gedächtnislücken durch Nachschlagen in dieser Schriftmerkmal-Kartei zu füllen. Dabei sind die gegenübergestellten graphologischen Interpretationen nicht im Sinne starr fixierter Bedeutungen aufzufassen, sondern ihre Bestätigung im Einzelfall und ihre endgültige Ausdeutung im Zuge der Gesamtanlayse muß sich aus dem Gesamtbild der Schrift ergeben (E. Singer).

Zusammenfassend sei festgehalten: Wie der Graphologe nie nach einem graphologischen Zeichen allein urteilen kann, sondern die charakterlichen Eigenschaften erst feststellen wird, wenn er sie durch eine Reihe von Zeichen bestätigt findet, so wäre es verfehlt, etwa nur an Hand des hier angeführten Alphabets auf den Gesamtcharakter des Schreibenden schließen zu wollen. Eine bestimmte Eigenschaft aus einem Buchstaben feststellen zu wollen, ist falsch. Nachstehend nun einige Buchstabenformen, die ganz charakteristisch sind und treffende Eigenschaften ausdrücken.

Streifzug durch das graphologische Alphabet

– a –

Einrollung:
Verschlossenheit

Schleife:
Redseligkeit

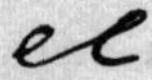

breit und offen:
Geschwätzigkeit

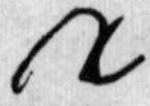

unten offen:
Heuchelei

links offen:
Habgier, Unaufrichtigkeit

Enge:
Konzentration, Zurückhaltung

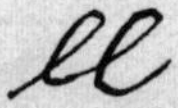

Bereicherung:
Eitelkeit

– A –

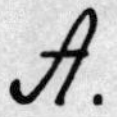

steil:
Vorsicht, Gründlichkeit

Druck und Verknüpfung:
viel Temperament, Energie

Einrollung:
Egoismus, Energie

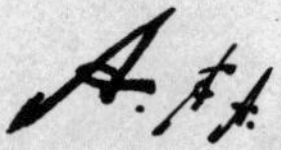

langer Anstrich:
Aggressionslust

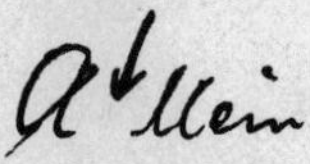

Großbuchstabe vom Wort getrennt:
Reserve, Abstand halten

– b –

Einrollung:
Habgier, Egoismus

Knick im Strich:
Empfindsamkeit

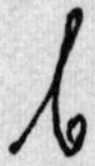

Spitze im Oberteil:
Rachsucht

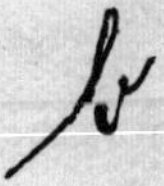

langer Anstrich:
Widerspruchsgeist, Ehrgeiz

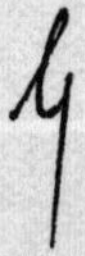

Endstrich lang:
Verschlossenheit, Vorsicht

– B –

Einrollung:
Gewandtheit,
aber auch Eitelkeit

Druckbuchstabe:
literarische Interessen,
mit Druck vertraut

Greifzug:
Egoismus, Habgier

— c —

Enge:
Zurückhaltung

Einrollung:
Egoismus

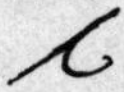

Anstrich:
Selbstbewußtsein

— C —

Höhe:
Stolz, Verstandesmensch

Breite:
sehr selbstbewußt und eigenwillig

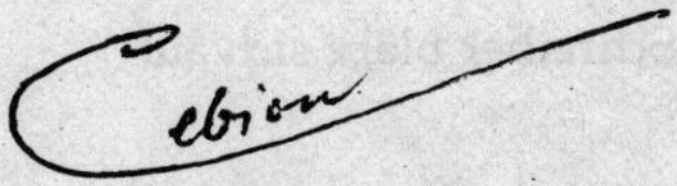

Unterstreichung:
Selbstbewunderung

– d –

Strich:
Individualität

ausfahrender Endstrich:
Widerstand

links ausfahrender d-Strich:
Despotismus

– D –

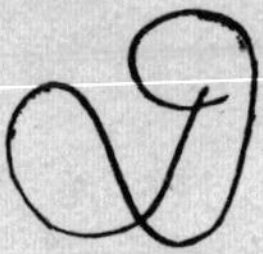

Schnörkel und Übertreibung:
gemein und primitiv

Breite und Länge:
die eigene Person wird heraus-
gestellt

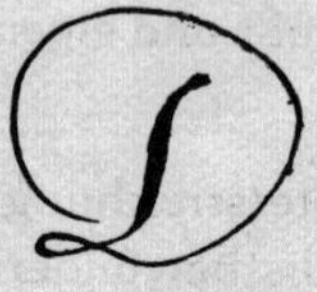

gespreizt:
Schreiber bläht sich auf

breite Oberlänge:
Phantasie

– e –

Aufstrich bogig nach unten gezogen:
Egoismus, Berechnung

Endstrich aufwärts und rückwärts:
Unwahrheit, Lüge

girlandisch betont:
Anpassung

Winkel:
unnahbar, hart, entschlossen

Schlinge und Völle:
Sinnlichkeit

Enge: Verschlossenheit

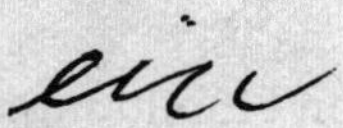

Weite:
gesprächig, schwatzhaft

– E –

langer Anstrich:
ehrgeizig, streitbar

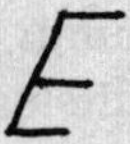

Druckbuchstabe:
Leseeifer

Greifzug:
Habgier, Egoismus

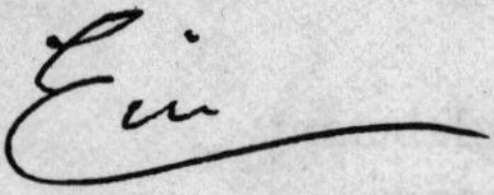

Unterstreichung
durch Endstrich:
Eitelkeit, Selbstgefälligkeit

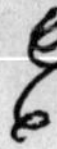

Einrollung:
Greifbewegung mit Erwerbssinn

Kringelform:
Vermischung von Einbildung,
Hoffnung und Phantasie

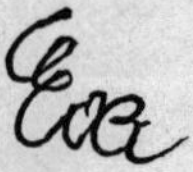

Girlande: Höflichkeit,
Verbindlichkeit, Schmeichelei

Unterlängenbetonung:
Egoismus, Rücksichtslosigkeit

– f –

Anstrich:
Neigung zur Aggressivität

Querstrich:
Beharrlichkeit

keulenartiger Querstrich:
Trotz

Schleife:
Stolz auf Erfolge

gewundene Unterlänge:
Beweglichkeit, Unsicherheit

– F –

langer Endstrich:
Protektion

Wellenlinien:
Sinn für Humor und Spaß

Schleife in Unterlänge:
lesbischer Zug

– g –

angehängte Schleife:
Eitelkeit

fester Abstrich:
Konzentrationsgabe

große Unterlänge:
materieller Genuß

Querstrich in Unterlänge:
Despotismus

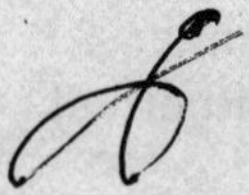

Zierschleife:
besondere Eitelkeit

– G –

Oberlänge überwiegt:
Phantasie

Arkade nach links:
Vermeidung von Verantwortung

Greifzüge:
Geiz, Habgier

Bogenform:
Wirklichkeitssinn

– h –

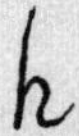

Druckbuchstabe:
Geschmack

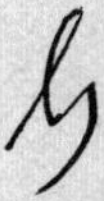

scharfer Endstrich:
Energie und Verteidigungskraft

Einrollung:
Egoismus

ohne Endstrich:
Berechnung, Geiz

– H –

langer Endstrich:
Selbstbewunderung

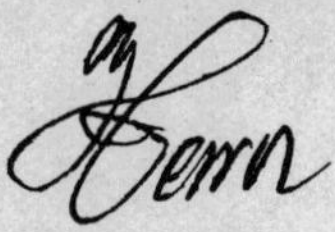

Verzierungen:
Angeberei, pöbelhaft

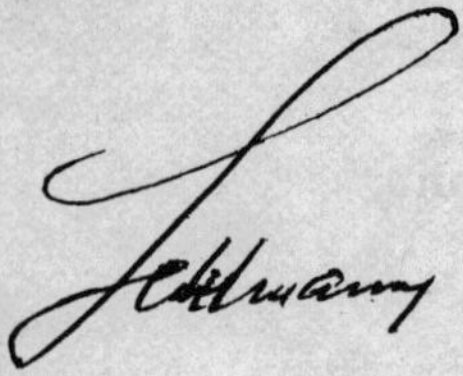

bogiger Anstrich:
starker Erwerbssinn

– i –

Punkt genau: Genauigkeit

Punkt hoch: ohne Realismus

Punkt tiefgesetzt: pedantisch

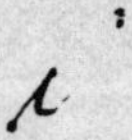

Punkt rechts: Gedankenflüchtigkeit

Punkt links: vorsichtiges Wirken

– I –

strichförmig: Sachlichkeit

zahlenförmig: guter Rechner

rücklaufender Endstrich:
Vorsicht

übertriebene Größe:
Angeberei, starke Ichbetonung,
Größenwahn

– j –

großer Anstrich:
aggressiv, selbstbewußt

Strich:
einfach, sachlich, realistisch

– J –

Anfangsbetonung:
Wichtigtuer

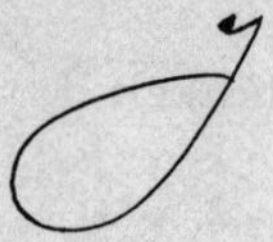

übertriebene Unterlänge:
homosexuell

offene Acht: lesbisch

nach unten spitz:
Rechthaberei

– k –

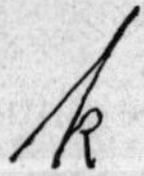

Anstrich: Angriffslust

– K –

typographisches K mit Haken:
Zähigkeit, Selbstbeherrschung

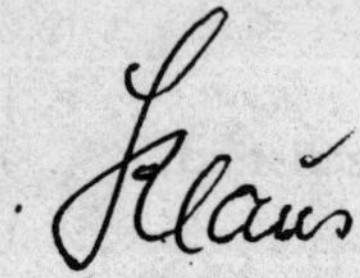

rund und hakenförmig:
Liebenswürdigkeit und Ausdauer

Endstrich:
Selbstbewunderung

scharfer Abstrich:
Abwehrstellung

bereichert und verschlungen:
Durchtriebenheit und
Raffinesse

– l –

oben und unten spitz:
Zähigkeit

– L –

geschwungener Grundstrich:
Dünkel

Breite:
Breitspurigkeit, Angeberei

– m –

Girlande:
Gutmütigkeit, Anpassung

Arkade: Undurchsichtigkeit

Deckzug:
Raffinesse bis Lüge

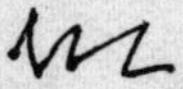

Wechsel im Duktus:
Zerrissenheit

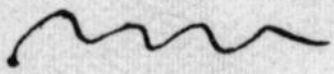

Faden:
Wendigkeit bis Unaufrichtigkeit

– M –

erster Teil des Buchstabens höher:
Stolz, Selbstbewußtsein,
Herabblicken auf andere

größer werden des zweiten Teils:
Bescheidenheit, Zuversicht

Mittelteil größer:
Stolz

Punkt am Anfang:
Erwerbssinn

– n –

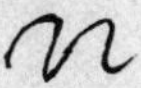

Fadenform:
wendig und raffiniert

Girlande:
Anpassungsbereitschaft

betonter Endstrich:
Kampflust

– N –

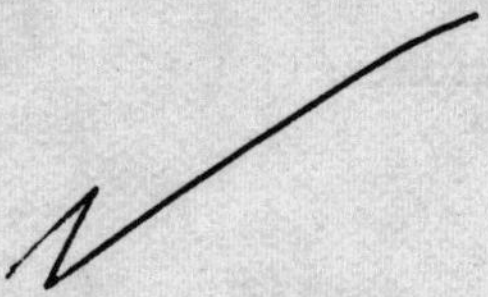

ausfahrender Schlußstrich:
Kühnheit

gespreizt:
Geziertheit

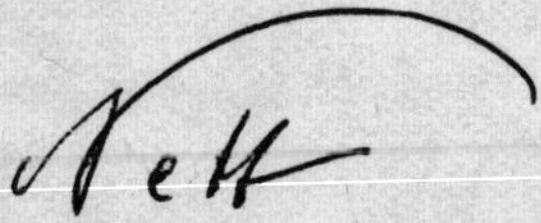

Schlußstrich ausholend:
beschützende Geste,
Treue

– o –

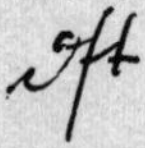

links offen:
versteckter Egoismus

verschmiert:
Sinnlichkeit

o als e geschrieben:
Leichtfertigkeit, Untreue

– O –

Nullform: Zahlensinn

Enge:
Magerkeit bis Sparsamkeit

Spitze unten:
Rechthaberei

– p –

Einrollung:
Verschlossenheit

Doppelbogen:
schöpferischer Sinn

– P –

P mehrteilig:
Pose, unnatürliches Gehabe

kleiner Anstrich:
Schüchternheit, aber Erwerbssinn

punktartige Einrollung:
Bedrücktheit und materielles
Denken

– Q –

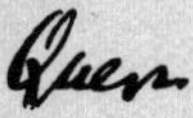

Enge: Bedrücktheit

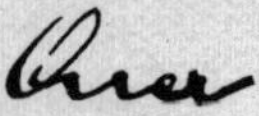

Weite: Angeberei, Ehrgeiz

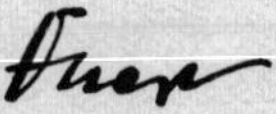

winkelartige Form:
eckig und ungehobelt

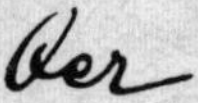

Abwärtstendenz des Schlußstrichs:
Bedrücktheit, Pessimismus

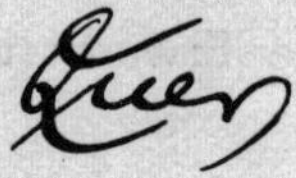

scharfer Endstrich:
Egoismus und gewissenlose
Angeberei

– r –

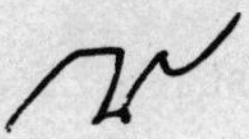

breit:
Weitschweifigkeit, Redelust

eng: rasch, wesentlich,
flüchtig bei Drucklosigkeit

gekürzt: ungeduldig

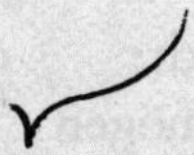

verformt:
sehr eigenartig

– R –

Einrollung:
schlau, eitel, plump

hochfahrend:
Unternehmungsgeist

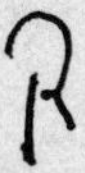

Abstrich kurz:
Ehrgeiz, wesentlich

– s –

Anstrich:
Unternehmungslust

bogiger Abstrich
Darstellungsgabe

verlängerter Schlußstrich:
Egoismus und materielles Denken

scharfer Grundstrich:
Durchsetzungsvermögen

– S –

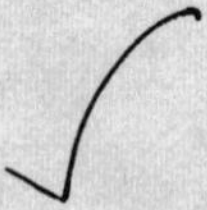

scharfer Strich:
Geistigkeit, Bildung

Verbundenheit mit nächstem
Buchstaben:
Logik, Sachlichkeit

schmale Schleife:
gezügelte Phantasie

eckiger Anstrich:
wenig Anpassung

scharfer Endstrich:
Impulsivität

– t –

Querstrich:
Entgegenkommen, Treue

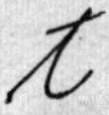

hoher Querstrich:
Phantasie, Initiative

tiefer Querstrich:
Sachlichkeit

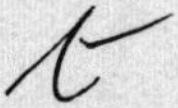

Querstrich rechts:
Gedankenraschheit

Querstrich links:
Vorsicht, Abwarten

ohne Querstrich:
Nüchternheit

– T –

Vereinfachung:
Reserve, reales, nüchternes Denken

langer Anstrich:
Weitschweifigkeit

langer Querstrich:
setzt sich für seine Freunde etc. ein

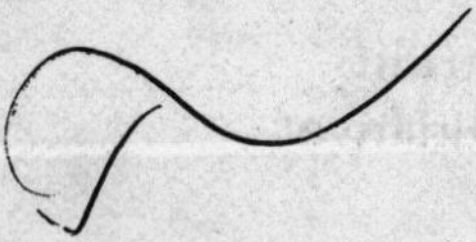

schwungvolle Form:
Wichtigtuerei, Egoismus und Geschmacklosigkeit
(nach E. Singer)

– u –

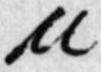

Girlande: Anpassung

Arkade: Zurückhaltung

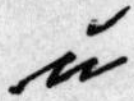

Winkel:
Widerstandsfähigkeit, Kritik

Fadenform:
Gewandtheit und Raffinesse

– U –

gespreizt: Geziertheit

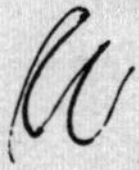

Anstrich:
Witz und Aggressivität

Endstrich:
Betonung der egozentrischen
und materiellen Ebene

– v –

Vereinfachung: Realist

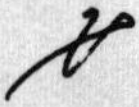

Schnörkel: undurchsichtig, eitel

– V –

Endstrich ausfahrend:
Unternehmergabe, Mut

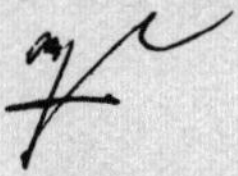

Zierstrich:
ein Wichtigtuer ohne Substanz

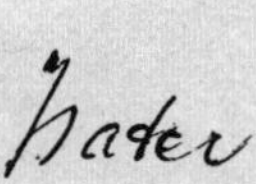

zweiter Grundstrich tiefer:
Stolz

– w –

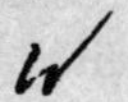

Vereinfachung: Realist

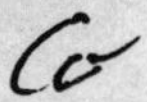

Rundungen: Verbindlichkeit
und starkes Sexualempfinden

– W –

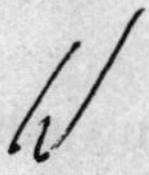

Vereinfachung: klarer Verstand

verlängerter Aufstrich:
Durchsetzungsvermögen

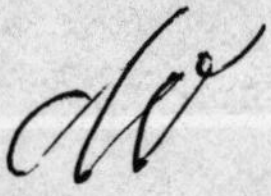

langer Anstrich:
Habgier, Egoismus

(Beim kleinen und großen W gelten die gleichen Ausdeutungen wie beim kleinen und großen V.)

– x –

einfache Form: Vereinfachung, Logik

– X –

Kreuzform: Formensinn

geschwungene Form:
Weitschweifigkeit

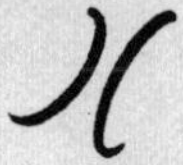

geteilte Form:
ungenau, weitschweifend

langer Endstrich:
Härte, Zorn, Kritik

– y –

Schulform: Anpassung an die
Form mit Geduld und Hingabe

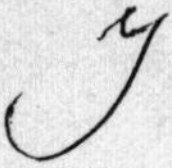

Greifzug: Egoismus und
materielles Denken und Handeln

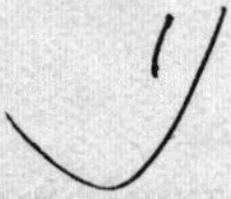

geteilte Form:
originell, aber zu weitschweifend

– z –

Kreuzform:
Formensinn und einfach

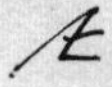

Anstrich:
Schreiber kann aggressiv werden

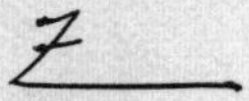

Endstrich: kritische Einstellung aus
Verärgerung oder Enttäuschung

– Z –

Druckbuchstabe:
Einfachheit und Kunstsinn

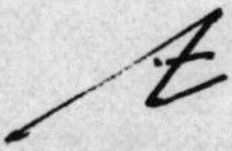

Anstrich:
aggressives Vorprellen

deutsches Z:
konservativ

verkürzte Unterlänge:
Raschheit im Denken

Zangenform am Anfang:
zänkisch mit Neigung zum Nörgeln
und zu unsachlicher Kritik

Schlußbemerkung: Aus den hier angeführten und wahllos herausgegriffenen Buchstaben kann man selbstverständlicherweise nicht auf Charakterwerte oder auf einen Charakter schließen. Es sollten nur einige markante und häufig vorkommende Buchstabenformen vorgestellt werden, die allein und insbesondere im Zusammenhang mit den auftretenden Schriftmerkmalen Hinweise auf das charakterliche Verhalten vermitteln können.

Sonderheitsmerkmale

Auch die Sonderheitsmerkmale spielen bei der Beurteilung einer Handschrift eine Rolle. Sie sind nach den Grundmerkmalen Raum, Form, Bewegung und Ordnung aufgestellt. Dadurch können positive und negative Anhaltspunkte der einzelnen Charaktereigenschaften ermittelt werden. Beispielsweise kann eine regelmäßige Handschrift auf den ersten Blick beeindrucken. Die Regelmäßigkeit weist auf die Vorherrschaft des Willens. Im positiven Fall deutet dies auf Willensstärke, Strebsamkeit, Entschlossenheit, Ausdauer und Beständigkeit; im negativen Sinne kann sich aber auch Gefühlskälte, Gleichgültigkeit, Nüchternheit, Härte und Schablonenhaftigkeit ausdrücken. Nach welcher Seite die Schrift tendiert, positiv oder negativ, wird durch den Vergleich mit anderen Merkmalen ersichtlich. Regelmäßigkeit in Verbindung mit Schrägheit, Girlande, Rechtsläufigkeit und Höhe wird man positiv auslegen, da hier die Willensstärke nicht zur Gefühlskälte wird. Denn die Girlande und Rechtsläufigkeit weisen auf Verbindlichkeit ohne Beeinflußbarkeit hin. Wenn dagegen die Regelmäßigkeit mit Höhe, Enge, starker Anfangsbetonung, Arkade oder Winkel verbunden ist, ist der Schriftführer ein harter, gefühlskalter und berechnender Mensch.

An diesen Beispielen ist zu erkennen, wie die Sonderheitsmerkmale abzulesen und zu kombinieren sind, wenn man den positiven oder negativen Charakterzug feststellen möchte.

Allerdings kann man aus den einzelnen Eigenschaften nicht ohne weiteres ablesen, wie der Charakter beschaffen ist, sondern muß die aufgefundenen Merkmale miteinander vergleichen und sie mit den Grundmerkmalen in Einklang bringen bzw. sie merkmalmäßig abstimmen. Die Sonderheitsmerkmale sind ausdruckskundlich begründet, deduktiv abgeleitet und empirisch ermittelt, aber jedes gefundene Merkmal muß durch andere ergänzt werden, wenn man einem Schreiber auf die Spur kommen will.

Abb. 41 *Tabelle der Sonderheitsmerkmale*
(Div. Schriftproben s. Seite 141)

Schrift	*plus*	*minus*
Regelmäßigkeit Vorherrschaft des Willens	Willensstärke/Strebsamkeit/ Entschlossenheit/Ausdauer/ Beständigkeit	Gefühlskälte/Gleichgültigkeit/ Nüchternheit/Härte/ Schablonenhaftigkeit
Unregelmäßigkeit Gefühlsvorherrschaft	Impulsivität/Begeisterungsfähigkeit/Leidenschaft/Gefühlslebhaftigkeit	Unbeständigkeit/Wankelmut/ Willensschwäche/Unentschlossenheit/Verführbarkeit
Regelmäßigkeit veränderlich	Strebsamkeit	Eigenwilligkeit
Unregelmäßigkeit übertrieben	.–.	Unbeständigkeit
Rhythmus Reaktion auf Eindrücke	Umsicht/Selbstsicherheit/ Zielbewußtsein/Ruhe	Gleichgültigkeit/Apathie/ Beschaulichkeit

Schrift	*plus*	*minus*
unrhythmisch Reaktion auf Empfindungen	Sensibilität/Erregbarkeit/ Lernfreude	Empfindsamkeit/Nervosität/ Ungeduld/Reizbarkeit
Ebenmaß persönlicher Gleich-laut	Ruhe/Harmonie/ Beschaulichkeit	Empfindlichkeit/Unruhe/ Apathie
Ebenmaß ebenmäßig, erstarrt	. – .	Unempfindlichkeit/Stumpfheit
Unebenmaß Erregbarkeit unebenmäßig, veränderlich	Feinfühligkeit Sensibilität . – .	Fahrigkeit/Neugierde Empfindlichkeit/Laune/ Sensibilität/Reizbarkeit/
Höhe Selbstgefühl	Begeisterungsvermögen/ Zielsicherheit	Hochmut/Dünkel

Schrift	*plus*	*minus*
Höhe		
veränderlich	persönlicher Ehrgeiz	Selbstgefühl uneinheitlich
Einzelbuchstaben besonders groß	. – .	Übertreibung/starke Selbstvorstellung
Einzelbuchstaben besonders klein	. – .	Scheu/Verstocktheit
sehr hoch und schmal	. – .	keine echte Bescheidenheit/ bei großen Buchstaben: Empfindsamkeit
Lage		
Schrägheit	Temperament/Hingabe	Hast/Haltlosigkeit
Wortenden schräger	. – .	Nachlässigkeit
Wortenden steiler	Vorsicht/Zurückhaltung	Mißtrauen
veränderlich	Beweglichkeit/eindrucksfähig	Unruhe/unzuverlässig

Schrift	*plus*	*minus*
Steilheit	Verstandesvorherrschaft/ Vernunft/Disziplin	Kälte/Hemmung/Teilnahmslosigkeit/Herzlosigkeit
steile Einzelform	.–.	zwiespältig
steile Gruppenbildung	.–.	nervös/aufgeregt
steile Kurzlängen	.–.	inkonsequent
Linksschrägheit	Selbstüberwindung/Gespanntheit	Gezwungenheit/Hochmut
Schriftbreite		
Weite	Eifer/Strebsamkeit/ Aufgeschlossenheit	Ungeduld/Zügellosigkeit/ Unergründlichkeit

Schrift	*plus*	*minus*
Enge	Selbstbeherrschung/Mäßigung	Vorsicht/Hemmung/ Ängstlichkeit
eng und breit	. – .	gereizt/anmaßend
Richtungscharakter		
Rechtsläufigkeit	Güte/Gewandtheit	Betriebsamkeit/Drang/Hast
Linksläufigkeit	Entschiedenheit/Tatkraft	Egoismus/Neid/Boshaftigkeit
veränderlich	. – .	Zwiespältigkeit
linksläufige Abbiegung	vergangenheitstreu	sentimental
linksläufig abgewinkelte Unterlängen	. – .	aufbrausend/unbewußte Abwehrstellung

Schrift	*plus*	*minus*
Längeneinteilung		
Oberlängenbetonung	geistige Neigungen/Idealismus	intellektuell/oberflächlich
Unterlängenbetonung	Wirklichkeitssinn/Realismus	nüchtern/materiell/triebhaft
Oberlängenbetonung verkümmert	.–.	empfindsam/phlegmatisch
Unterlängenbetonung verkümmert	.–.	träge/triebschwach
Schwellzüge lang/dünn/zittrig	.–.	starke Sinnlichkeit sexuelle Neugierde, ohne sinnliche Kraft
dreieckig	.–.	träge/nervös
schmal/zugespitzt	.–.	empfindlich/prüde
veränderlich	.–.	unbeherrschte Triebveranlagung
verschiedene Formen	.–.	Anlehnungsbedürfnis

Schrift	*plus*	*minus*
Längenunterschied	Ehrgeiz/Streben/Drang	Unzufriedenheit/Zerfahrenheit
groß	Unternehmungslust	
klein	Zufriedenheit	Gleichgültigkeit
veränderlich	. – .	kein Organisationssinn
übertriebene Langlängen	. – .	Voreingenommenheit
hervorschießende Langlängen	. – .	Selbstbetonung übertrieben
Anfangsbetonung	Selbstbewußtsein	Geltungsbedürfnis
veränderlich	. – .	»Schau«-spielerei
steigende Form	Selbstgefühl/Ehrgeiz	subaltern
fallende Form	. – .	eitel
langer Anstrich	Strebsamkeit	Impulsivität
bogenförm. Anstrich	Liebenswürdigkeit	. – .
punktförm. Anstrich	Vorsicht	Materialismus
häkchenförm. Anstrich	. – .	Egoismus/Oppositionslust

Schrift	*plus*	*minus*
Endbetonung	Durchsetzungsvermögen	Rücksichtslosigkeit
unbetont	Strebsamkeit	Ängstlichkeit
veränderlich	. – .	Energie wechselnd
langer Endzug	Mitteilsamkeit	Freigebigkeit
häkchenförm. Endzug	Strebsamkeit	Egoismus
punktförm. Endzug	Festigkeit	Eigenwilligkeit
langer Endzug	. – .	Mißtrauen
ansteigender Endzug	Redelust/Eifer	. – .
fallender Endzug	Kritikvermögen	Widerspruchsgeist
kurzer waagerechter Endzug	Sinn für Gerechtigkeit	. – .
ohne Endstrich	Sparsamkeit	Kürze
keulenförm. Endzug	Durchsetzungstrieb	. – .

Schrift	*plus*	*minus*
Oberzeichen	Wirklichkeit	Phantasie
veränderlich	vielseitige Interessen	Flüchtigkeit
verbunden	Scharfsinn/Kombination	. – .
strichförmig	geistig beweglich	lebhaft
teigig	materielle Interessen	Genußsucht
verkümmert	. – .	Flüchtigkeit/Schwäche
fliehend	Begeisterungsvermögen	Planlust/Leichtsinn
sehr hoch	. – .	scheinbar geistig
sehr niedrig	Wirklichkeitssinn	engherzig
zurückgesetzt	Vorsicht	Mutlosigkeit
Protektionsstrich	gönnerhaft	herrschend
Bindungsformen	Beziehung zwischen Selbsterhaltung und Trieb	. – .
Winkel	Widerstandskraft	Härte/Kälte/Unnachgiebigkeit
Arkade	Zurückhaltung/Distanz	Förmlichkeit/Verschlagenheit
Girlande	Wohlwollen/Anpassung	Beeinflußbarkeit

Schrift	*plus*	*minus*
Faden	Gewandtheit/Begabung	unbestimmt/vieldeutig
stilisierte Form	Selbstüberwindung	Kühle/Förmlichkeit
schulmäßige Form	Nachahmung/Anpassung	Unreife/Schablone
Verbundenheit	Kombinationsgabe, Logik, Überlegung	Gedankenarmut, Mangel an geistiger Initiative
Unverbunden	Gedankenreichtum, Initiative	Mangel an Logik, kleiner Verstand, Neigung zur Utopie
Bereicherung	Gestaltung, Formgefühl	Neigung zur Übertreibung, Weitschweifigkeit, Unsachlichkeit, Geschmacklosigkeit
Vereinfachung	Einfachheit, Zweckmäßigkeit	Mangel an Formgefühl, Vernachlässigung des Äußeren
Vernachlässigung	.–.	Unzuverlässigkeit, Unaufrichtigkeit, pathologische Störungen

Schrift	*plus*	*minus*
Verschnörkelung	.–.	Gefallsucht, Wichtigtuerei, Eitelkeit, anspruchsvolles Begehren
Völle	Einbildungskraft	Kritiklosigkeit
Magerkeit	verständnismäßige Kritik, Scharfsinn	Phantasielosigkeit, Nüchternheit, Mangel an Einbildungskraft
Druck		
veränderlich	.–.	Geltungsbedürfnis
regelmäßig	Fleiß	.–.
verschmiert	.–.	verdächtiges Zeichen in unregelmäßigen Schriften für Kriminalität oder Krankheit
Weite		
veränderlich	.–.	unzuverlässig

Schrift	*plus*	*minus*
Strichbildung		
teigig und eingerollt	. – .	Egoismus, Genußliebe
Strichführung		
veränderlich	. – .	unwahr
Gliederung		
genügend	Ordnungsliebe	. – .
ungenügend	. – .	Unselbständigkeit

Schriftproben zu verschiedenen Sonderheitsmerkmalen

Lage: Steilheit

weite Schriftbreite

enge Schriftbreite

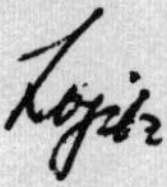

Verbundenheit

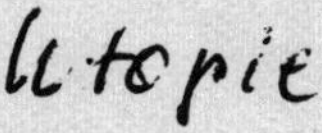

Unverbunden

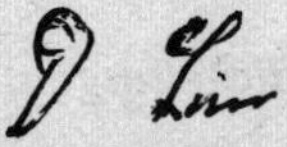

Bereicherung

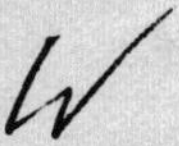

Vereinfachung

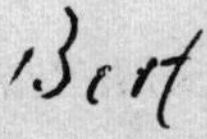

Vernachlässigung

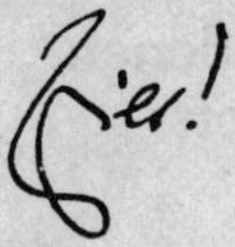

Verschnörkelung

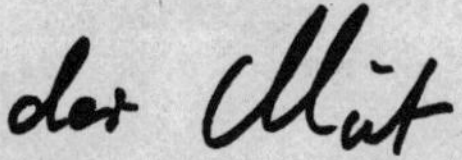

Völle

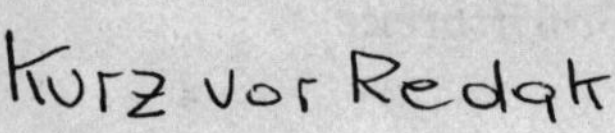

Magerkeit

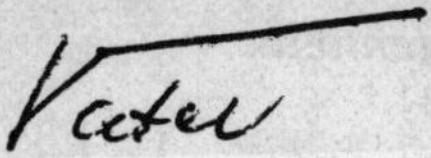

Überstreichung

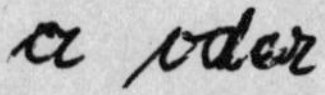

Einrollungen

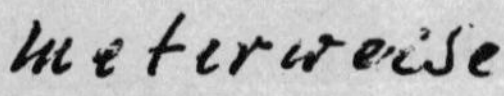

Zerstückelungen

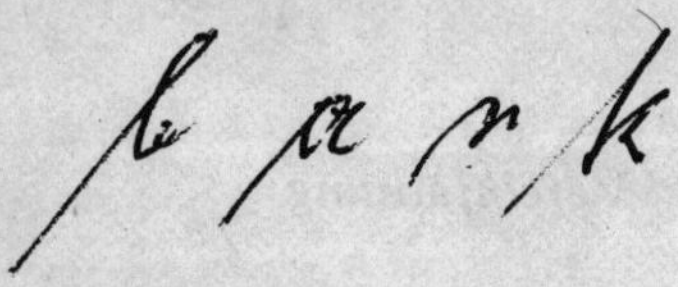

Anstriche

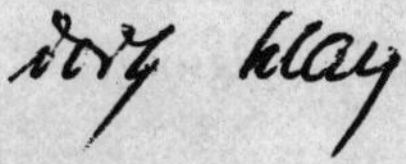

Betonter Schlußzug

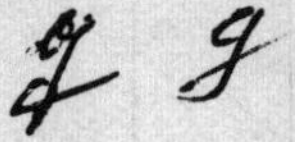

Unterlänge geknickt und eckig

Unterlänge durchgeführt, schweifend

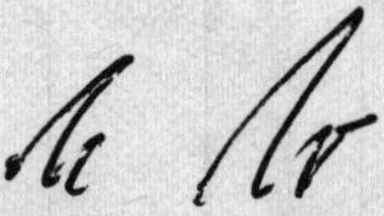

Erster M-, W-Aufstrich betont

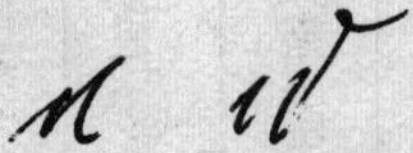

Zweiter M-, W-Aufstrich betont

Endhäkchen

Endstrich verdickt

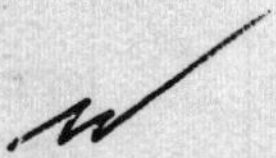

Endstrich aufwärts gerichtet

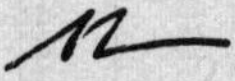

Endstrich waagerecht verlaufend

Abb. 42 *Besondere Zeichen und Merkmale* (Div. Schriftproben s. Seite 146)	
Überstreichung	Im positiven Sinne Protektionsstreben, im negativen Sinne Herrschtrieb
Einrollungen	Zeichen für Unaufrichtigkeit
Zerstückelungen	Verstandestätigkeit gestört. Der Trieb wird hier zu einem Orientierungsbewußtsein
Anstriche	Angriffslust, impulsiver Streitsinn
Betonter Schlußstrich	Schlagfertigkeit
Unterlänge geknickt und eckig	zorniges Aufbrausen, Despotismus

Unterlänge durchgeführt, schweifend	Herrschsucht im kleinen Kreise
Erster M-, W-Aufstrich betont	Stolz, Ichbetonung
Zweiter M-, W-Aufstrich betont	Ehrgeiz, Strebsamkeit
Endhäkchen	Zähigkeit, Eigensinn
Endstrich verdickt	Rücksichtslosigkeit
Endstrich aufwärts gerichtet	Kritik
Endstrich waagerecht verlaufend	unnahbares Wesen, Vorsicht!

Abb. 42 *Schriftproben zu Unaufrichtigkeitsmerkmalen*

Deckzug

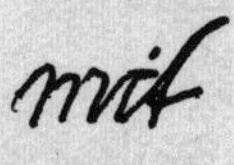

gestützte Nebenrichtung

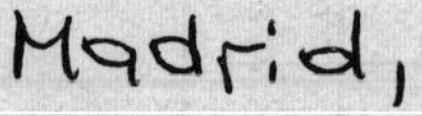

Zuchtschrift

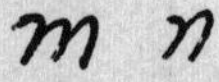

Arkade

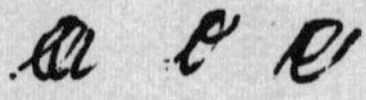

Einrollung

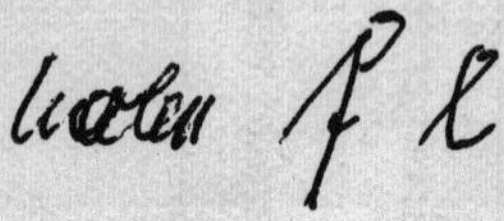

Nachverbesserung

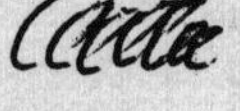

Spiralenzüge

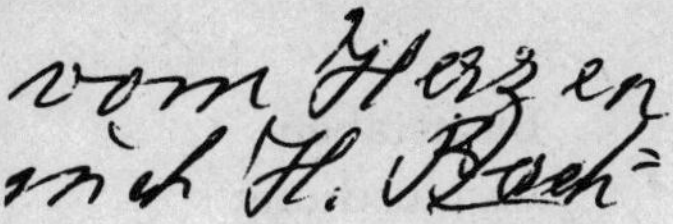

Zeilenverstrickung

Punktierung
a) in Buchstaben

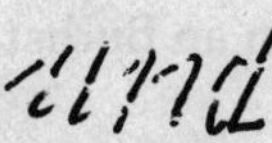

b) im Schriftbild

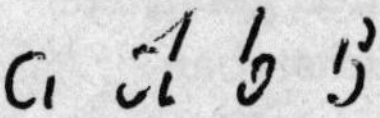

Buchstaben-
verstümmelung

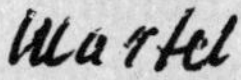

Weglassen von
Buchstabenstücken

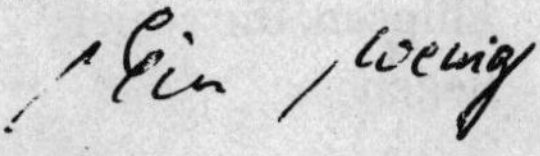

Ansetzen bei einem
Wort

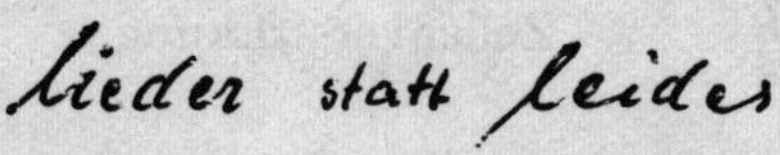

Buchstaben-
vertauschung

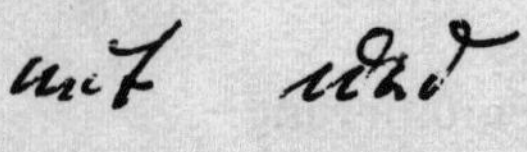

Bindung der
Oberzeichen

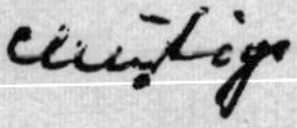

Haken an Buchstaben

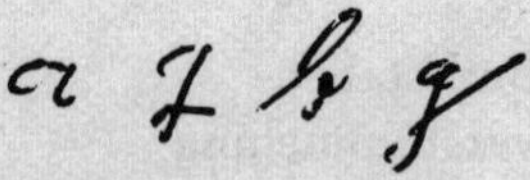

unten geöffnete
Buchstaben

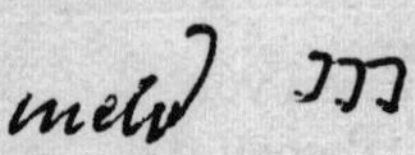

linkswärts
eingekrümmte
Kurzbuchstaben

Ellipsen, die schief
liegen

Verschleifung und undeutliche Formen

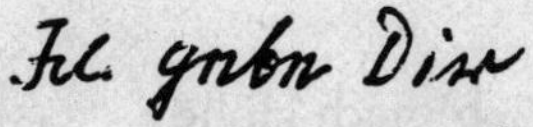

Mischschrift

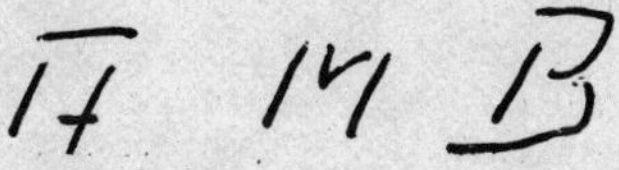

geteilte Großbuchstaben

Faden
a) als Bewegungsvorgang

b) in Endzügen

Übertreibungen

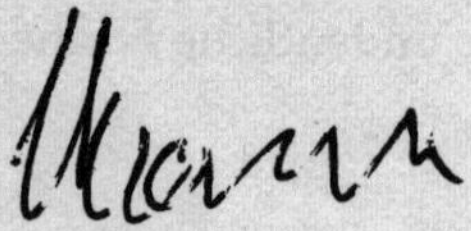

a) nach Fläche

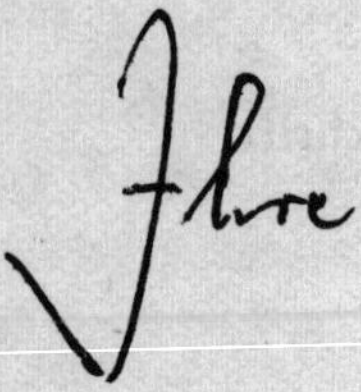

b) nach Höhe

c) nach Anfang

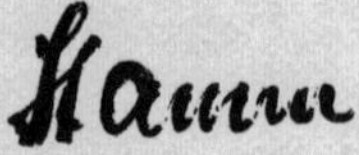

d) nach Druck

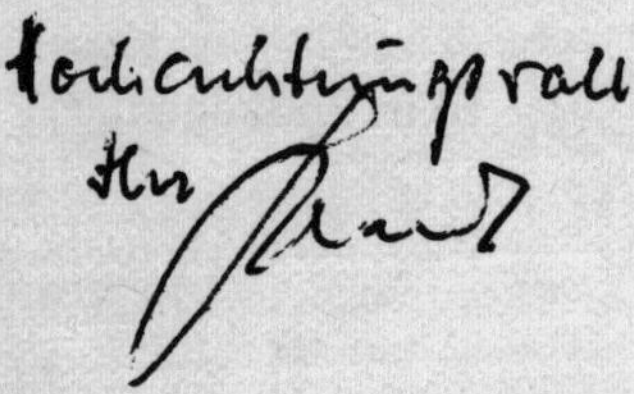

Unähnlichkeit von
Schrift und
Unterschrift

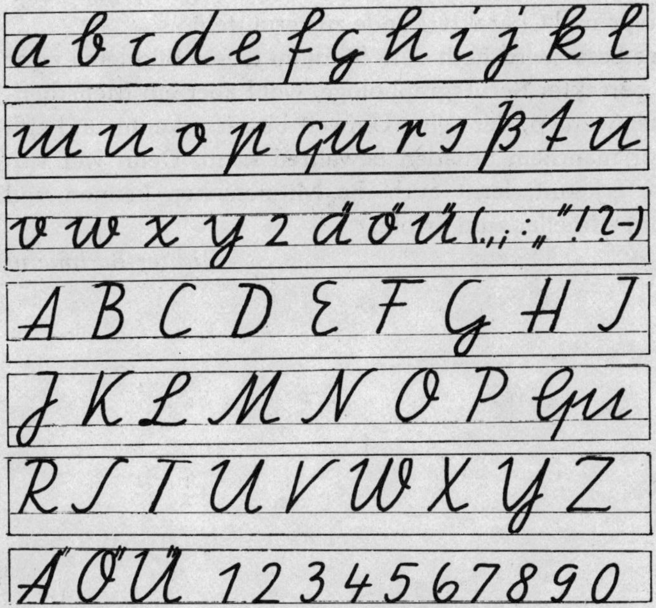

Abb. 43 Das Schulalphabet

Schlußwort

Mit diesem kleinen Handbuch der Graphologie »Die Handschrift verrät es« haben wir versucht, unsere Leser auf die wesentlichsten Merkmale der modernen Schriftdeutung hinzuweisen. Alles geschah in konzentrierter Form, um einen Querschnitt durch das Gebiet der angewandten Graphologie und Charakterkunde zu vermitteln.

Der Leser wird nach dem Studium dieses Büchleins zwar kein perfekter Berufsgraphologe, wohl aber ein Menschenkenner werden, der seine Umwelt besser erkennt und sich so vor manchem Schaden bewahren kann. Denn wer sich selbst erkennt, lernt auch die Mitmenschen kennen und kommt schneller zum Erfolg.

Richter-Bachmann

Notizen

Notizen

Notizen

Notizen

SACHBUCH

In der Taschenbuchreihe SACHBUCH erscheint als Band mit der Bestellnummer 63 012:

Ulrich Hagen Schmidt

WIE SICHER IST IHRE RENTE?

In diesem Buch zeigt der Verfasser, selbst ein renommierter Rentenberater, welche Probleme die Rentenversicherung bis zum Jahr 2000 zu bewältigen hat und wie hoch die Rentenansprüche dann sein werden.
Aus dem umfangreichen Fragenkatalog:
Geht die Rentenversicherung bald pleite?
Machen Arbeitslose und Gastarbeiter unsere Rentenversicherung kaputt?
Was kommt nach dem Rentenberg?
Hausfrauenrente und Babyjahr?
Lohnt sich der Beitritt zur Rentenversicherung?
Im Anhang befindet sich ein Rentenlexikon, das die schwierigen Fachausdrücke aus dem Rentenrecht erklärt und Tabellen zur Ermittlung der derzeitigen Rentenansprüche enthält.

BASTEI LÜBBE

SACHBUCH

In der Taschenbuchreihe SACHBUCH erschien als Band mit der Bestellnummer 63 011:

Walter Görlitz

MODEL
STRATEGIE DER DEFENSIVE

»Ich würde einen militärischen Befehlshaber nicht als wirklich erfolgreich bezeichnen, ehe er nicht nach einer schweren Niederlage und einem langen Rückzug die Lage wiederhergestellt hat.« Dieser Ausspruch des britischen Generals O'Connor läßt sich besonders auf einen deutschen Heerführer des Zweiten Weltkriegs anwenden:
Generalfeldmarschall Walter Model –
der allein fünfmal die deutsche Ostfront nach Niederlagen und Rückzügen wiederherstellte;
der den Ruhrkessel verteidigte;
der sich Hitlers Befehlen widersetzte und sinnlose Zerstörung verhinderte;
der von seinen Soldaten und seinen Gegnern hoch geachtet wurde;
der nicht in Gefangenschaft ging;
dessen Strategie im Verteidigungskonzept der NATO fortlebt.
Walter Görlitz, Spezialist für Zeit- und moderne Kriegsgeschichte, international bekannt durch seine Studie über den deutschen Generalstab, hat mit diesem Buch einen exzellenten biographischen Dokumentarbericht geschaffen.

BASTEI LÜBBE

GESCHICHTE

In der Taschenbuchreihe GESCHICHTE erscheint als Band mit der Bestellnummer 64 001:

Hermann Noelle

DIE KELTEN

Die Heimat der Kelten war im wesentlichen das heutige Süddeutschland und Frankreich; ihre Glanzepoche, die La-Tène-Zeit, dauerte etwa 500 Jahre. Als 15 v. Chr. die letzte Keltenbastion fiel – die Römer zerstörten ihre große Stadt bei Manching – hatte ein bedeutendes Volk zu existieren aufgehört.
Das Dunkel, das lange Zeit über den Kelten lag, beginnt sich zu erhellen. Erstmalig graben Archäologen eine der größten befestigten Keltensiedlungen, die Stadt bei Manching, systematisch aus. Obwohl die Arbeiten noch längst nicht abgeschlossen sind, liegen bereits erstaunliche Ergebnisse vor.
Dieses Buch vermittelt dem Leser eine umfassende Geschichte der Kelten, ihres Auf- und Niederganges, ihrer Religion und Kultur. Aufgrund jahrelanger Studien und der Einbeziehung der jüngsten Ausgrabungsergebnisse ist es dem Autor gelungen, ein lebendiges und farbiges Bild von jenem Volk zu entwerfen, das vor zwei Jahrtausenden zu den führenden Kulturvölkern zählte und dessen Sprache in vielen Orts-, Fluß- und Landschaftsnamen unserer Heimat bis heute weiterlebt.

BASTEI LÜBBE

Ein unvergleichliches Kompendium

Lübbes archäologischer Weltatlas
von David und Ruth Whitehouse
deutsche Bearbeitung von
Dr. Joachim Rehork
103 Karten,
272 Seiten
DM 62,–

Gustav Lübbe Verlag GmbH.
5070 Bergisch Gladbach

»Lübbes Archäologischer Weltatlas« ist eine einzigartige Zusammenstellung von 5.000 archäologischen Grabungsstätten in der ganzen Welt, mit Erläuterungstexten und weiterführenden Literaturhinweisen.

Der Fachmann wird diesen Atlas als unschätzbares Nachschlagewerk begrüßen.
Für den Laien aber ist er eine gedrängte Einführung in die Archäologie und ein unentbehrliches Hilfsmittel bei der Lektüre archäologischer Werke sowie beim eigenen Erleben an Ort und Stelle.